我爱这世界

因为我爱你

冉莹颖 —— 著

北京联合出版公司
Beijing United Publishing Co.,Ltd.

图书在版编目（ＣＩＰ）数据

我爱这世界，因为我爱你 / 冉莹颖著. -- 北京 :北京联合出版公司, 2016.10
ISBN 978-7-5502-8679-5

Ⅰ.①我… Ⅱ.①冉… Ⅲ.①随笔 - 作品集 - 中国 - 当代 Ⅳ.①I267.1

中国版本图书馆CIP数据核字(2016)第225116号

我爱这世界，因为我爱你

著　者：冉莹颖
责任编辑：崔保华
装帧设计： 格·創研社 SQUARE Design BOOK QQ:418808878

北京联合出版公司出版
（北京市西城区德外大街83号楼9层 100088）
北京联合天畅发行公司发行
北京盛通印刷股份有限公司 新华书店经销
字数100千字 880mm×1230mm 1/32 7.5印张
2016年10月第1版 2016年10月第1次印刷
ISBN 978-7-5502-8679-5
定价：36.80元

目

· Contents ·

录

To

你 好 ，
很 高 兴 认 识 你

...

我想认识我自己

我想认识你——写给宝贝们的信

From

你 知 不 知 道 ，
我 很 爱 你

...

我想我只会更爱你

我想和你一起慢慢变老——写给老公的信

谢 谢 你，
一 直 在 我 身 边

...

我想更懂你

我想要你好好的——写给妈妈的信

对 不 起，
现 在 来 得 及 吗

…

我想好好珍惜 / 227

你 好 ，
很 高 兴 认 识 你

...

我想认识我自己

我想认识你——写给宝贝们的信

"我是冉莹颖。"

"我是邹明轩和邹明皓的妈妈。"

日落之后，总会有日出的时刻，每个人都会经历不同的身份，

但在不同身份当中认识和了解自己，才是人生中最宝贵的财富。

我 想 认 识

我 自 己

"我是谁？"

在人生的每一阶段，"我是谁"始终是每个人不得不面对的问题。小时候，遇到不想回答的问题，我就当听不到、听不懂；长大后，人生中某些问题却必须正面应答。

"我是冉莹颖""我是学生""我是主持人"……我习惯用姓名和职业回答这个问题。人生历程中所拥有的标签，都代表了一种责任，在履行责任的过程中，我会因此认识我自己。后来，我结婚生小孩，人生历程中又多了一些标签——"我是邹市明的妻子""我是邹明轩和邹明皓的妈妈"。

一切好像是命中注定。有时候，真的很难解释父母和孩子之间的缘分，我们毫无征兆地组成了一个家庭，成了一家人。孩子在家庭中慢慢长大，我也在"母亲"的标签中，慢慢认识了我自己。

　　母亲是一个标签，是一种身份，是一种我清楚认识我自己的方式。

　　小时候，妈妈对我很严格。我几乎是从小被打到大的，尿床了被打，上学起床晚了被打，趴着看书被打，考试成绩不理想被打，不懂谦让被打……我很感激妈妈当年严厉的教导，因为在妈妈的教育之下，我成长了，也收获了，但是，小时候的我特别害怕被打，所以对于这种严格我很反感，所以在对轩轩和皓皓的教育上，我从不主张打孩子。

　　不是每个人生来都会做母亲的，但每个人生来都是孩子。初为人母时，我会刻意避免把我在孩童时代的不愉快感受施加在轩轩和皓皓的身上。小时候，我妈经常限制玩儿这件事，所以我对轩轩和皓皓玩闹的尺度放得比较宽，只要不是影响生命安全的事情，怎么玩儿都是被允许的。

　　有一次，轩轩和皓皓像平时一样，洗完澡后就在床上打闹，他们拿着枕头、被子和玩具大打出手。但没过一会儿，我就听见了皓皓的哭声，我循声走过去一看，皓皓被轩轩重重地压在了被子底下。我当时急了，冲着轩轩的大腿就是一巴掌。轩轩疼了，立马松了手，哭得特别伤心，嘴里支支吾吾地喊："妈妈，你打我……"

　　其实，我一打完就后悔了，打他不能解决任何问题，他下次可能还会这么做，所以我立马和轩轩道歉："宝贝，对不起，妈妈一着急就……不过，你刚刚那样做的真的很危险，不信你自己试试看。"轩轩躺下了，我把被子压在他身上，不一会儿，他就感觉难受了，所以他也明白自己刚刚的做法会给皓皓造成什么样的伤害。

　　之后，轩轩就再也没有这样做过。

　　很多妈妈在孩子成长的过程中会遇到各种各样的问题，我也"意外"地遇到了两个"熊孩子"，他们淘气，喜欢捣乱，但我要做的绝不是指责，不是批评，不是用高音量让他们信服我，不是站在"母亲"的高度上责骂他们，甚至用暴力压制。这样做起到的效果是一时的。

古语常说：己所不欲，勿施于人。我也是在为人母的过程中，才慢慢明白了这个道理。

我需要做的是，用平和的方式解决遇到的问题，如果轩轩和皓皓做错了，我要帮助他们认识到错误，克服遇到的困难，改掉坏习惯。我需要关注的是，轩轩和皓皓这样做的目的是什么，他们想要什么，他们的心理状态是怎么样的。

通过这些，我可能比之前了解他们更多呢。

日落之后，总会有日出的时刻，每个人都会经历不同的身份，但在不同身份当中认识和了解自己，才是人生中最宝贵的财富。

"母亲"的标签是一种身份，不是一个自以为是的高度。

我不愿意给轩轩和皓皓过多的压力，虽然我是给予他们生命的人，可是如果我因此站在人生的制高点上去要求他们，去指挥他们，那这可能只是一种以爱为名的压力罢了。

有时候，所谓的站在道德高度上的疼爱，

远远比直截了当的打骂造成的伤害大得多。

　　我不会说"我是你们的妈妈，所以我可以无条件地要求你们做任何事"，我也不会说"我辛辛苦苦喂养你们长大，你们就属于我"，这种隐形的压力对于轩轩和皓皓的身心发展是不利的。

　　人，生而平等。我坚持在与轩轩和皓皓的相处中，做到互相尊重，我坚持给他们自由，坚持平等对话。孩子们总有一天会长大，而不可避免的，我也会老去。当孩子们慢慢长大，我变老了，彼此守护对方的方式也许会慢慢发生改变。我希望等我老了之后，轩轩和皓皓也能与我互相尊重，平等对话。

　　在人生的每个阶段，每个人都有需要反省，需要成长的部分。在逐渐适应"母亲"标签的过程中，我特别感谢轩轩和皓皓这两个小家伙，因为他们的到来，我试着改变自己，我试着学做一个合格的母亲。我是第一次当轩轩和皓皓的妈妈，轩轩和皓皓同样也是第一次当我的小孩，我们谁都不比谁有经验，我们都是从头开始，一步一步走来的。

我和轩轩和皓皓一起学习，一起成长。

　　在体会"母亲"标签的过程中，我也特别感谢我自己。从一无所知的新妈妈，到现在能够同时带着两个宝宝，毫不慌乱的超人妈妈，我一步步地接受着身份的转变，也在转变中重新认识了自己。

　　同样，感谢我的丈夫，与我共同成长；感谢我的母亲，永远做我最坚强的后盾。

我 想

认 识 你

可爱的宝贝们：

今天妈妈给你们写这封信，不知道你们什么时候会看到，也不知道你们什么时候能完全看懂。没有关系，我有足够的时间和耐心等你们长大。我决定把想对你们说的话写下来，是希望等你们长大后，想寻找一些儿时的记忆时，会很高兴看到妈妈曾经有过这样一段记录；是希望有一天你们能看到妈妈对你们的爱；是希望这样的记录能够帮助我们记住彼此陪伴的点点滴滴。

有关于你们的这些那些记忆，已经在不知不觉中，变成了我生命中的印记，甚至是生命的一部分。

最美丽
的
意外

人生走到头，很多事情都是注定的，包括意外。

说实话，轩轩的到来，有点突然。那个时候，我和你们的爸爸并没有做好迎接新生命的准备。从一个独立的个体突然成为连结一个新生命的准妈妈，我感受到了巨大的压力。你们以后会慢慢懂得，当妈妈并没有想象中那么简单，当爸爸也一样。

你们是爸爸妈妈的骨血，更重要的是，你们将以一个独立的生命体来到当下的世界，体验着每个人都要经历的东西：喜怒哀乐，胜败荣辱，或者更多。那么，如何为你们的到来承担责任，用怎样的方式教会你们了解这个世界，爱这个世界，如何守护你们成长等，这些问题一下子都摆在了我的面前。

很多事情，如果没有发生在眼前，就好像遥不可及，一旦发生了，却近如咫尺。直到轩轩你在妈妈肚子里了，妈妈这才突然意识到真的有一个小生命将依偎着我成长了，我要做妈妈了，我是一个妈妈了！这种感觉很奇妙，像是走着走着，突然有一个美丽的意外从天而降。说真的，妈妈当时还有些惊吓呢。

大人们常说，人要随遇而安，人要顺其自然，但是当大人们真正遇到一件事情，遇到一个艰难选择的时候，这真的就成了一种徒有的安慰。

选择拼事业，还是选择回归家庭生下轩轩，成了妈妈当时面临的难题。拼事业，意味着妈妈要割舍与轩轩你的缘分，我舍不得；回归家庭，意味着妈妈要有将近一年多的时间安心在家，等待轩轩的来临，中途放弃小有成就的事业，想来有点可惜。

随遇而安和顺其自然，在当时对妈妈并不适用，因为妈妈的工作性质很特殊。

轩轩你从来不知道妈妈的工作是什么，我

也从来没和你说起过，每次别人问你："你爸爸是做什么的？"

你都特别骄傲地回答："我爸爸是拳王。"

"你妈妈是做什么的？"

你也会特别认真地回答："妈妈是煮饭和打扫卫生的，待在家里的。"

我觉得这样挺好的。等你们长大了，自然而然地会认识各种各样的职业，比如爸爸的职业是拳王，康康爸爸和诺一爸爸的职业是演员。

职业是一个人赖以生存的技能，任何一份职业都有它的属性，但始终逃不脱"职业"这两个字的束缚。

轩轩和皓皓，你们以后一定也会知道，妈妈的职业是主持人，我不知道要怎么跟你们解释这个职业，你们在电视机里看到的，一个劲儿说话的人就是主持人，像你们都认识的《爸爸去哪儿》里的村长，他就是主持人，只是村长和妈妈主持的节目不一样。

选择事业还是回归家庭，这是每一个像妈妈一样的女人都会遇到的选择。作为主持人，生孩子对于事业的发展来说是一个比较大的阻碍，妈妈需要的是以最好的状态站在观众的面前，而怀孕中可能会出现的症状都将会影响到妈妈的工作。

妈妈当时很为难，不知道该怎么办。

我们每天都在不停地做选择，小到在超市里我该选择哪一种口味的酸奶或者罐头，大到选择怎么去怎么留，选择怎么生怎么活。每一个选择都会对应一个后果，太任性不行，太畏手畏脚也不行，这就是成长的代价。

人都是贪心的，我们做出一个选择，却又害怕另一个选择会更好，害怕没有得到的总是最好的。因为无法确定选择的后果是好是坏，所以总是心存侥幸，就像摘不到高处的葡萄，有时候我们把它想象得很酸，但更多时候我们会认为它很甜。

得失得失，有得有失；取舍取舍，有取有舍。选择之所以叫选择，就在于它有所得有所失，有所取有所舍。我当时就想，有没有一个两全其美的选择，既能让我拥有不错的事业，又能让我享受为人母亲的幸福呢？

妈妈心里明白，这不可能，我必须要做出

一个选择。如果妈妈选择追求事业，那我可以一直在这条路上追下去，机会一定越来越多，追寻的脚步是不会停止的；可是如果妈妈想要有个家，想要生个小孩，那是不是在整个人生过程中，随时想有就可以有呢？

不是的。我现在遇到一个很不错，适合结婚的人，是一种难得的缘分。如果我错过了，可能以后就再也遇不到了。

妈妈仔细想了很久，人生的每个阶段都有每个阶段必须经历的故事和感受。错过了，想要再经历，就会很困难。这一阶段，我稍微停下来，感受一下这个阶段女性该感受的心态，拥有一段为人妻为人母的经历。当然，在完成了这个阶段的事情之后，我还可以继续追求事业。

有时候很难解释父母与子女之间的缘分，很奇妙。我们因为一个选择成了一家人。所以妈妈觉得，轩轩你虽然在我和爸爸的计划之外，但这是你与我的一种缘分。最后，我决定生下轩轩。

许多事情，包括意外，都是早已注定的。当生命中的某颗星辰走到哪个位置，该遇到的事情，怎么躲得开呢？

最引以为傲
的
事业

　　手忙脚乱的状态和日夜颠倒的行程慢慢成了我生活中固定的形态，不过这也没有可以抱怨的理由，因为人生本来就是选择了什么就必须承受什么。

　　妈妈以前看过一本书，书里把我们当下经历人生的过程比喻成手中同时在玩转着几个球。每一个球都代表着我们现在拥有的东西，比如亲人、朋友、事业、家庭、健康，等等。这些球中，有的是玻璃球，掉在地上就碎了；有的是弹簧球，掉在地上还会弹起来的。我们需要做的是知道哪些是玻璃球，哪些是弹簧球；我们手中握的是什么球，需要放弃什么球；知道自己在等待什么球重新弹起，回到我们的手中。最重要的是，我们要紧紧抓住当下自己手中的球，不让重要的玻璃球碎了。

像你们的小手不能同时抓住好几样玩具一样，大人们的手也不可能同时握住所有的球，我们只能选择性地抓住那些对自己而言重要的球。对妈妈而言，亲人和家庭是我无论如何也不会冒险放手的球。所以怀着轩轩的时候，我就想好了，先向电视台请假。

感冒发烧的小毛病，两三天就会痊愈，再严重的，也不会超过半个月，但生小孩就不同，最少也要十个月。所以，妈妈当时准备了两封信，一封是请假的，另一封是辞职的。

到了电视台，我敲开节目总监办公室的门，开门见山："我要请假。"

总监问："为什么？"

妈妈坦白说："我要回家结婚。"

他又问："请多久的假？"

我说："目前还不知道。"其实妈妈知道这是一个不负责任的回答，但是我的确对这个时间没有概念。当节目总监很爽快地准了我一年的假期，妈妈当场就傻眼了，因为我以为不定期限的请假是不会被批准的，所以才把辞职信准备好了。

妈妈觉得自己的运气很好，对于当时小有成就的事业，我只是交了一个期限未定的请假条，这意味着一年之后，我还能回到这里。但是，妈妈也明白，对于主持人的工作系统而言，一年的时间可以改变很多。这个世界不会停下一年的时间等妈妈恢复状态，它还是要不停地运转，所以等到明年春天再回去工作时，春天就已经不是原来的春天了。

主持人的行当向来都是一个萝卜一个坑，妈妈走了之后，节目总监就会安排新的人接替我的工作，我不能一生完小孩就立马回去，要求节目总监立刻把工作岗位还给我。

如果我决心重新回到事业岗位，必须从头开始。

那时，爸爸也跟妈妈商量，他想去做职业拳王，完成他的梦想。轩轩和皓皓，你们要记住，人生就是由一个个的选择构成的，爸爸和妈妈就是在这样的不断的选择中经营着自己的人生。

最终，妈妈选择暂时放下工作，暂时告别

莹颖
密语

主持人的标签，陪在爸爸的身边，让他心无旁骛地实现他的梦想，同时，也安心地等着轩轩你的到来，想象着你第一次唤我"妈妈"的场景，这或许才是我最引以为傲的事业。

那些"妈妈为你做了这么多的努力和牺牲，放弃了自己人生的追求""妈妈多么伟大，为了你，我付出了很多，放弃了很多""我辛苦怀你十月，我喂你吃饭，给你洗衣服，辛辛苦苦把你带大"的话语，并不是表达爱的方式，并不代表妈妈有多爱你，有多在乎你。这是一种隐形的压力和负担，如果从小就积压在你的身上，你实在是太无辜了。

常有人说，孩子还小，他什么都不懂。但是妈妈知道你们什么都懂，懂得这件事情不分年龄，你们分得清哪些是妈妈的爱，哪些是妈妈给予的压力。

轩轩，妈妈希望你记住，妈妈并没有因为你而放弃了事业，我也不是因为你才离开了原本挚爱的工作。没错，妈妈原来真的很爱工作，但是离开是妈妈当时在权衡利弊后，自己做出的一个选择，你并不知情。你是我的选择，爸爸和妈妈一起把你带到这个世界上，我们就一定会对你负责。如果非要把这个选择的"罪魁祸首"之名强加于你，实在是太不公平了。

选择是自己做的，没有人可以代替我们选择。妈妈不喜欢情感绑架和道德绑架。既然妈妈选择把你们生下来，那么我就已经做好了准备，我会努力承担起我的责任和我的义务，把"养好你们"作为接下来的人生目标。

这是我们每一个母亲的选择。

等你们长大了，遇到选择时，千万不要有"我当初要不是因为什么，放弃了什么，才不会变成这样。早知道当初……"的念头，既然当时你有理由和借口放弃，说明放弃的东西与你们当下的选择相比，并不重要。

人生得到什么就会失去什么，这真理到了妈妈这样的年纪几乎已经没有什么怀疑的余地了。

对就是对，
错就是错

电影里说，小孩子才分对错，成年人只看利弊。大人们的世界，有很多事情都不是那么黑白分明的，其中夹杂着许多灰色地带，没有必然的对和错，而小孩子的世界则不同。

妈妈对你们，虽不会由着你们的性子，惯着你们，过于宠爱和保护，但也不会处处严苛。我向来表扬对的，批评错的，界线分明。也许你们长大后，会慢慢发现原来有很多事情分不清对错，每个人都有自己的价值观，但妈妈希望你们永远保持小孩子的天真与单纯，实事求是，明是非辨对错。

记得有一次，爸爸留在美国洛杉矶训练，我们跟爸爸暂别，从美国飞回中国。那时候轩轩你才3岁多一点，皓皓还不到1岁，正是咿

你好，
很高兴认识你

呀学语的时候。当时我们坐在一架飞机上，那趟航班要飞 12 个小时才能到中国。我们后面坐的是一对老夫妻，上海人，两人好像在争吵。

当时轩轩你在看动画片，皓皓也想看，但皓皓当时语言系统还不完善，表达不出来，只能时不时"啊啊啊"地叫两声，表示自己也想看。突然，坐在后面的老奶奶不停地拍我的座位，说："你能不能让你的孩子安静点？吵死了。"我说："他们还挺安静的，没怎么讲话。"

这时，皓皓大概是察觉了什么，又"啊啊"地叫了两声，老奶奶就抱怨："烦死了，一个晚上都不能睡觉，还有 12 个小时呢。"我笑着看了你们一眼，转头安抚老太太，说："好的，好的，您放心，我会让他们小声一点。"

当时我记得，我正打算和你们商量一下，轩轩你就眼巴巴地看着我，表情好像在问你们是不是挨批评了。我想了想，语重心长地说："老奶奶没有批评你们，他们想要休息了，所以希望可以更安静一些。你们接下来看动画片或者讲话，声音再小一点，好不好？"

你们还很小，妈妈不希望外界对你们的轻

易评判，成为你们日后生活的压力。

　　每个活在社会上的人都不可避免地听到许多声音，风声、雨声、鸟叫声，更多的还有别人说话的声音。有些是好的建议，即使逆耳，却始终是善意的劝诫；但有些声音却反射着繁华之下的浮躁和自私，充满了怒气和躁动。

　　也许那天我们的声音是有点高，但也有可能是老奶奶在与丈夫争执的过程中，自己的心情不好，所以把生气的情绪转嫁给我们。

　　认真听取外界的声音，的确是进步的最佳方式，我们可以在别人的声音里反省自己做得对不对，做得好不好。但是，如果我们一味地听从别人的声音，决定前进或者后退的步伐，那我们会逐渐听不到自己的声音。

　　记住，在听别人声音的同时，也要学会听自己的声音。

　　我没有刻意宠溺你们，如果你们真的大声说话了，我却和老奶奶说："啊，他们没有大声。"这是不对的，没有实事求是。如果那天皓皓的声音真的很大，妈妈会立马跟老奶奶道歉，并且告诉皓皓要小声一点，公共场合不能这样，我们要考虑到别人的感受。但是，妈妈认为那天你们并没有很吵，你们的表现已经很好了。我不希望你们无故挨了批评，伤了自尊心。

　　每一个妈妈都会有自己的育儿经。我对你们的要求，和外人会有差别，因为每个人或许主观，或许客观，都有着自己的标准。我认为在教育这件事上，爱是根本，但有时候人容易被爱蒙蔽双眼，所以我需要跳出妈妈这个框架去观察你们的表现。

　　妈妈会观察你们是不是影响到了别人，如果你们大声了，我会告诉你们这是公众场合，要注重礼仪、注意素质。你们要因为打扰别人而道歉，说对不起。如果没有错，妈妈也一定会替你们解释，我不能因为别人的情绪而让我的孩子受委屈，我会好好保护你们。

　　如果你们没有犯错，妈妈却跟给别人道歉，那是因为妈妈不想在公共场合和别人起冲突。每个人的价值观念不同，看待事物的角度和态度也就不同。我们没有必要为了让别人的行为符合自己的价值观而去据理力争。有时候，礼貌地对待不礼貌的人，也是一种修养。

莹颖
密语

妈妈对你们的最大保护就是：犯了错误，让你们学会勇敢承认承担；没有做错，不让你们被误解。

　　小孩子的世界不同，在你们眼里，什么都是简单的。如何引导你们形成一个相对正确的价值观，拥有正确的看待事物的态度和角度，就是我需要去努力的事情。

小黑屋教育

每个人都很容易陷入盲点，长期不被注意的东西就算放在眼前也经常看不到，唯有当我们真正处在一个封闭的环境里，无论是眼前真正的黑暗，还是心理上处于一个封闭、孤独的状态，我们才能静下来，去发现我们先前忽略的东西，包括身边的人和情感。

宝贝，你们有时候真的好调皮。轩轩活泼好动，皓皓有点像爸爸，看上去安安静静的却暗暗藏着一股执拗劲。你们经常一起玩，像是形影不离的双胞胎，但和天下所有的兄弟姐妹一样，你们也会互相发脾气，互不退让，几乎每天都要吵上一架。

是不是只有小时候经过了这般"相爱相杀"的"你争我抢"，长大后才会更懂得彼此珍惜，更懂得你们是彼此生命中的相互牵绊？

　　一般，对于你们时常上演的"你争我抢"，姥姥直接选择无视，任你们吵翻了天，她也耐着性子不搭理一句。可是，我做不到。妈妈不希望你们之间的每一次争吵就在这漠然的无视中逐渐平静，好像一颗石子投入大海，荡一荡，掀起一圈涟漪，就逐渐安静，好像什么也没有发生。要知道，大海看似风平浪静，实则暗流涌动。

　　内心好像一个花瓶，每次吵架，花瓶上就多了一道裂痕。花瓶摔碎了，就再也不能复原成原来的样子了。所以我希望你们能够在每一次的争吵后，彼此道歉，相互拥抱，和好后，再手牵手一起出来。也许事情追究到最后，对错已经不再那么重要，但是你们在争吵中损耗的感情需要在彼此冷静后得到复原。这就是妈妈每次在你们争吵后，把你们放进小黑屋的原因。

　　记得我们刚搬到上海时，家里堆着许许多多的箱子。姥姥在厨房忙得七上八下，你们兄弟俩就在客厅一起帮忙移箱子。那时候，皓皓还太小，没一会儿就移不动了，所以就坐在箱子上休息。轩轩你已经大一些了，浑身是劲儿，兴冲冲地移来移去。这时候，轩轩你让皓皓去帮忙，叫了皓皓 3 遍，皓皓坐在箱子上一点反应都没有。轩轩着急了，走到皓皓身边，一把就把皓皓拽起来。可是轩轩一松手，皓皓又坐回去了。

轩轩有点生气了，狠狠地推了皓皓一把，还把皓皓按在箱子上，打了皓皓一下。皓皓痛得号啕大哭。轩轩也知道自己闯祸了，又不好意思说对不起，于是跳舞给皓皓看。可是跳舞并没有什么用，皓皓直接跑到厨房去找姥姥告状了。

皓皓可怜巴巴地抚着脸，朝姥姥哭诉："哥哥打我，哥哥打我！"

姥姥忙着做菜，急急忙忙安慰几句就又忙手上的事情了。过了一会儿，皓皓看姥姥没反应，只好默默地跑回客厅。这时候，皓皓看到客厅的餐桌上放着一包纸巾，于是灵机一动，抽出很多张纸巾，从前襟往里塞，把胸部塞得鼓鼓的，想用纸巾武装自己。

皓皓有了"盔甲"防身，也不怕了，在客厅里跑来跑去，玩得更放肆了。轩轩想阻止皓

莹颖
密语

皓，但说什么都没用，轩轩又继续推皓皓。不过这次有了"防御盔甲"的皓皓不怕了。可是一转身，轩轩"袭击"了皓皓的背部，背部没有"盔甲"的保护，皓皓再次"受伤"。

这件事情，轩轩和皓皓你们两个人都有错，但当时你们两个人的脸上都写满了委屈，哭哭啼啼的，我说什么都不肯听。这时候，对付你们最好的方法是关进小黑屋了。

妈妈为你们准备爱的小黑屋并不是为了惩罚你们，是希望你们知道，当爸爸妈妈不在你们身边时，在你们遇到困难时，你们要彼此关心，彼此照顾，因为你们是最亲密的兄弟。

你们在小黑屋中所经历的黑暗就像你们长大后会经历的困难与坎坷。当人在黑暗中，连影子都会离开我们，所以在遇到困难时，一定要互相帮助。

妈妈希望培养出你们彼此关爱的小屋，你们在里面互相拥抱，建立深厚的感情，手牵手，肩并肩，相亲相爱。

人生的路，有时候必须一个人走，独自承受苦难；但有时候，也要风雨同行，共同成长。

男儿
当自强

男孩子好像天生就和"眼泪""哭"这些字眼扯不上太大的关系，可能骨子里就有一种力量吧，那种力量很强大，好像和勇敢有关，和被绊倒了，却只要拍拍身上的土，说"我们再来"的那股劲儿有关。妈妈希望你们能够拥有那样的一种力量，勇敢坚强，像真正的男子汉。

俗话说，男儿有泪不轻弹。可在我的印象里，轩轩你这个小男儿却特别爱哭。

记得你和爸爸一起参加《爸爸去哪儿》，爸爸回家时跟我说，一开始村长要求每位爸爸和小朋友上交零食和手机，你却偷偷藏了一包糖。爸爸要求你上交，你一下子就哭了，大声说"我会饿"。那一期，你是唯一一个因为上交零食而哭的小朋友，是不是有点丢脸啊？

莹颖
密语

你对吃总是特别有感情，心爱的玩具被抢了你可以不哭，走路摔倒了你也可以不哭，只要别人抢了你吃的东西，你就会嚎啕大哭。后来有了皓皓，妈妈一直还担心你们会因为抢夺玩具吵起来，但后来我发现只有皓皓抢了你的食物时，你才会掉眼泪。

哭这招"杀手锏"，对爸爸的作用不大，在他心里男子汉有泪不轻弹，你对着他哭，有时候还会适得其反，反倒挨一顿骂。你跟姥姥哭也没啥作用，姥姥从来都是说一不二的，没得商量。你知道我容易心软，见不得你哭，所以总是对着我哭。妈妈接受你哭，是因为我觉得你还小，不想让你受委屈。

妈妈知道，当你特别着急，情绪上来了不知道如何用语言表达时，哭是你选择的最直接最快速的表示心情的方式。但是妈妈每次在你哭完后，都会告诉你"你这样没用，哭没有用，解决不了任何问题"。你看爸爸每次比赛受了伤，有时候脸上腿上都是血，但他从来不哭，因为他知道哭解决不了任何问题，不能缓解疼痛，也不能马上让伤口痊愈。妈妈希望你跟爸爸一样勇敢、坚强，不管遇到什么事情都不要哭，先想清楚自己要什么，再慢慢地用语言的方式表达出来。

后来，当妈妈追着看《爸爸去哪儿》时，突然发现自己在日常生活中忽略了许多东西，原来轩轩你已经变得那么勇敢了。那一期，节目组要求你们这帮小朋友与哈萨克族的小朋友比赛摔跤。

在摔跤开始之前，妈妈还担心你的力气太大，把哈萨克族小朋友弄伤了。结果没想到，哈萨克族小朋友看上去瘦瘦的，力气却那么大，摔跤技巧那么厉害，你一次次地被摔倒。你在实力悬殊、多次被摔的情况下，并没有因为赢不了比赛而大哭大闹，或者跑到场外搬救兵帮你，而是专注比赛，一次次地爬起来冲上去。

你不到最后绝不认输，认真地打好每一回合，每一回合摔倒后都爬起来继续比赛，果真是屡战屡败，屡败屡战，就这样一直坚持到了最后，中途一句话都没有抱怨，连妈妈都自愧不如呢。

最关键的是，你最后侥幸地赢了一个回合后，并没有因此而骄傲，觉得自己有多么厉害，而是输得心服口服，诚心诚意为对手叫好。最后说的那一句"他厉害吧，我都快被摔疯了"，妈妈看得直想哭。

我在你身上看到了真正的体育精神，真正地看到了爸爸的影子。

在爸爸的观念里，男孩子需要经得起摔打，未来才能经受住锤炼。你们摔倒的时候，爸爸常常会说："没事儿，自己爬起来。"你们也就真的觉得没事儿，自己爬起来继续去玩了。真感谢那一句"没事儿，自己爬起来"，让你们学会勇敢成长。

节目播出后，网络上、现实生活中有很多人都跑来跟妈妈说："你的儿子好勇敢，这么坚强，摔着了不哭自己爬起来，真棒。"妈妈听到这话，真的替你感到开心，但也请你明白，摔倒了再爬起来，这本身就是生命的一个小动作，并没有多么厉害。未来在你的人生中会有许多的磕绊和挫折。爸爸妈妈希望你都能够坚强地依靠自己的力量站起来，勇敢地去应对一切困难。

当然，妈妈也有做的不好的地方，每次你

哭，妈妈只会一再强调"哭没有用，哭在我这儿不管用"。有时候，你可能知道了哭没有用，但你还是哭，是想引起爸爸妈妈的注意，希望得到安慰。毕竟你只是一个孩子，哪怕再成熟，也还是孩子。

对不起，妈妈没有关注到你这方面的需求，妈妈应该去抱抱你或者夸夸你，甚至用一个比较柔和的方式告诉你应该怎么做。以后妈妈也会多多注意，当你需要我时，我会给你更多的回应。

俗话也说：男儿当自强。皓皓，你这个小小男儿也要变得勇敢哦。

每次你到了晚上要睡觉的时候，总是吵着闹着要和哥哥一起睡。看到你愿意跟着哥哥，和哥哥亲近，你们兄弟俩相亲相爱，妈妈很开心，但同时也很纠结，是该让你和哥哥一起睡还是让你们有各自的独立小空间呢？你才不到3岁，妈妈就让你一个人睡一个房间，会不会为时过早？

最后，妈妈还是决定让你一个人睡自己的房间。一方面妈妈是希望哥哥有的东西你也有，

莹颖
密语

哥哥有一个房间，你也有自己的房间；另一方面，妈妈也是希望你和哥哥一样坚强和勇敢，一个人睡也不害怕。

当然，妈妈也会有担心，担心你从床上滚下来，担心你半夜踢被子。当你拉着我，要我陪你睡的时候，其实我特别难过，特别心疼，甚至怀疑自己的安排是不是正确，真的要你在这么小的时候就独自睡觉吗？可是，妈妈相信你，相信你和哥哥一样厉害，一样勇敢，可以一个人睡。

在面对自己不熟悉的领域时，很多人不可避免地会选择逃避来表现自己的无力感。妈妈想说的是，我希望你们在遇到困难的时候，再多想一想，往前，哪怕是试着，也要再走一步。别那么轻易就说"我不行""我不可以""我做不到"。

长大后，也许你们会慢慢了解到，有时候哭泣赶不走如阴云般的委屈，有时候即使承受了巨大的悲伤和痛苦也不能轻易落泪。所以，真正坚强的人，往往在想哭的时候笑得越大声，肩负着委屈、悲伤和痛苦，也要笑着前行。

学会分享，
懂得分担

生活中，每个人能够分享的东西有很多。小的时候，我们可以和小伙伴分享玩具，分享好吃的零食。长大了会发现，我们可以和朋友分享我们开心的事情，或者难过的情绪。我们在分享的过程中，收获了很多东西，比如爱、友好，等等，但这些都是因为我们有一个共同的认知前提：我们在心里认同"分享"这个词语，我们认为这个过程是美好的，是值得的。

妈妈想让你们学会分享，同时明白这个词语背后所包含的所有东西。

轩轩，在还没有皓皓的时候，爸爸妈妈的精力都放在了你的身上，生活也围着你一个人转，好吃的好玩的都塞给你，把世界上所有美好的东西都给你。所以，你可能也就习惯了一个人享受所有的玩具，一个人霸占电视机，一个人吃好玩好。

当皓皓想玩你的玩具时，你每次都板着脸说"不可以"；当皓皓想吃你手里的零食，你每次都急急忙忙把剩下的零食都塞进嘴里，或者举得高高的。这样是不对的，妈妈希望你能学会分享，把好吃的好玩的分享给弟弟和其他小朋友。

每次皓皓玩了你的玩具，或者你问他"要不要吃冰激凌"的时候，他都会开心地手舞足蹈，然后他说"谢谢哥哥"，等到下次他有一个新玩具或者买了好吃的，他心里会这样想：上次哥哥把好玩的好吃的都给了我，我这次一定也要把好吃的好玩的分享给他。

轩轩你看，分享是一件双向的事，分享的人与被分享的人同样快乐。

是的，分享就是一件快乐的事情。

当皓皓想玩你的玩具，问你可不可以的时候，妈妈希望你的回答"可以"比"不可以"多。当皓皓请教你这个玩具怎么玩的时候，妈妈希望你可以试着手把手地教他，而不是一把抢过去自己捣鼓。妈妈希望你在与弟弟或者朋友相处的过程中，体会到分享的快乐，从而更自愿地去分享。

有时候，弟弟黏着你，跟你抢玩具抢好吃的，只是希望有个人能够陪着他一起玩。

当然，妈妈不会强迫你一定要把所有东西都分享给皓皓，分享是一种基于心甘情愿、由心而发的举动。

皓皓，每次有人跟我说你和哥哥长得真像的时候，我都在心里默默感叹：是啊，都一样爱吃。这一点，你和哥哥真的如出一辙。但，就像我跟哥哥说的一样，爱吃没有关系，可是你们不能独占，该分享的时候一定要主动分享。

小的时候，你和哥哥在一起，你们一起玩玩具，一起吃饭。我本以为，你已经明白了这些东西都是可以分享的。但后来，妈妈慢慢发现，你关于"分享"的意识，并没有我想象中那么强。

记得我们刚到上海新家的时候，爸爸妈妈准备邀请邻居和朋友一起，举办一个新家Party。前一天晚上，妈妈和哥哥带着你，一起做了很多非常好吃的饼干，准备送给邻居家的小朋友。可是当我们给出饼干的时候，你却不乐意了。

妈妈突然意识到，原来3岁的你还不懂得分享。

我反省，这其中我也有不对，我一直以为你和哥哥玩，已经学会了分享，但显然不是这样，你愿意把玩具给哥哥玩，更多的是希望哥哥陪你一起玩吧。

你不愿意把东西给其他小朋友，尤其是当你知道这些东西给出去之后就再也拿不回来的时候，你就更加不乐意。每个人都有自己珍视的东西，你小心翼翼地把它藏起来，甚至不愿意示人，这没有关系，但你不愿意把饼干分给小朋友吃，这是自私。饼干吃完了，可以再做，你想吃多少妈妈都可以做给你吃，况且当时我们是想小朋友一起分享我们搬了新家的喜悦，一起开开心心，不是吗？

妈妈给你举一个例子吧。如果哥哥手里有一块特别大特别好吃的面包，他分给你一半，你是不是特别开心呢？同样，你把亲手做的饼干送给小朋友，他们也会特别开心的。

分享是一件让两个人都开心的事情，甚至可以让很多人都觉得开心。那天，我们准备了那么多非常好吃的饼干，但是皓皓以你的食量，是根本吃不完的，如果我们把饼干分给其他的小伙伴，他们会很开心，以后他们有好吃的同样也会想起你的。

当然，我们并不是为了得到回报才选择分享，重要的是在分享的过程中，我们内心产生的愉悦。这些要比我们送出去什么或者别人送给我们什么，比这些东西重要得多。

妈妈希望你们能学会分享，除了分享好吃的好玩的有趣的，还能分享心里的一些感受。更多时候，你们学会了分享，就会更懂得如何去分担，人生不仅仅只有开心的部分，也有难过的部分，我们不能只看到彩虹而躲避了风雨。

真正懂得分享的时候，你们就更能明白为什么要和别人分享，这两个字背后的意义到底是什么，我们的人生才会因此获得什么。

有很多东西都不能用物质来衡量，这其中还有许多意义，比如感情、快乐，还有许多只能用心感受，却无法用语言表达的体会。

　　这些东西都是无价的。因为无价，所以没有办法用具体的标准去定义，我想让你们从分享中学到的，就是这种无价的东西。

请记住
爸爸妈妈的
电话号码

　　我们当下所经历的这个世界，有很多个样子。有些样子你会很惊喜，原来这个世界有这么多值得我去热爱的事情，有这么多有趣的地方，有这么多有意思的人，每一次日出日落，每一次暴雨来临又回归平静，这样的世界真的很奇妙。但，妈妈要告诉你们的是，任何事情都有两面，有黑就有白，有阳光就会有阴霾，我们不仅要看到这个世界的美好，还要明白哪里是沟壑，哪里是阳光照不到的阴影。

　　你们要坚信这个世界的美好，但也要学会保护自己。没有人可以守护你们一生，你们要学会靠自己的力量，在未来的几十年的岁月里，保护自己，保护自己所爱的人。

　　妈妈有时候看网络上的新闻，光看到标题

莹颖
密语

"温州破获特大拐卖婴儿案 部分获救婴儿安置抚养难""检察官披露拐卖儿童案细节：26 名婴儿被转手交易，环节繁多""送 12 岁女孩上课南辕北辙 滴滴司机被指拐卖儿童"，就已经不寒而栗，真难以想象那些被拐卖的儿童，那些失去孩子的父母，该有多么痛苦。

我一直对你们没有过多的要求，只希望你们都健健康康，快快乐乐地成长，但现在妈妈想对你们多提出一个要求：请一定要记住爸爸妈妈的电话号码。

妈妈在录制《爱上幼儿园》节目的时候，发生了一件让妈妈印象深刻的事。妈妈当时所在的幼儿园，每个小朋友都要留在幼儿园过夜，傍晚的时候，每个小朋友都会给爸爸妈妈打电话，报告一天的情况。妈妈特别惊奇的是，每个小朋友居然都记得自己爸爸妈妈的电话，哪怕两岁大的孩子，也都能记得清清楚楚。可是，轩轩你快 5 岁了，皓皓也快 3 岁了，你们俩没有一个人能背出我的电话。

那天录完了节目，我回到家就和轩轩说："你必须背出妈妈的电话号码，妈妈的电话非

常好记，是 ××××××××××××。"我刚
说完，轩轩你就说："哦，我记住了。"我让
你重复一遍，你又说忘了，我就再重复说一遍，
再让你重复记一遍。

　　妈妈希望你们能记住，希望你们能熟练
地背出妈妈的电话，这样万一你们在商场跟妈
妈走丢了，或者突然遇到危险，发生意外了，
起码你们能够立刻通过记住的电话号码找到妈
妈。或者别人帮助你们了，你们能够说出妈妈
的联系方式，让爸爸妈妈能够联系到帮助你的
人，亲口说一声感谢。

　　在此之前，我从来不认为不记得爸爸妈妈
的电话号码有什么问题，妈妈至今也背不出姥
姥的电话。但是，现在我觉得不是这样的，当
下的社会环境恶劣，妈妈每天都会看到各种小
孩走散、下落不明的消息，都会一阵心疼，妈
妈不敢想象如果你们不在我身边，我该有多么
痛苦。

　　如果你们不记得爸爸妈妈的电话，万一真
的遇到了意外状况，该怎么办呢？这是两岁的
小孩就应该有的安全意识了，但妈妈却没有这

样教育你们，是妈妈的失职。所以，从现在开始，妈妈会对你们进行安全意识的教育。外出时，要紧跟大人，不要远离爸爸妈妈的视线；不要随便跟陌生人走，不随便吃陌生人给的东西；记住自己家的地址和爸爸妈妈的电话号码。

现在你们已经都能够记住妈妈的电话号码了，当有一天，你们忽然找不到我的时候，或者遇到了什么意外的时候，请立刻找警察叔叔帮忙，给妈妈打电话，妈妈一定会立刻赶到。我希望你们记住，妈妈的电话号码不仅仅是一种安全意识的保障，更是妈妈对你们的无尽牵挂和爱。

世界是一个中性词，它代表着许多美好的品质：善良、健康、成长，但是它也有一些缺点，比如意外、黑暗、冲动。所以，在你们真正了解这个世界之前，请树立自我保护意识，保护自己是每个人都必须要做的事情。

超人妈妈
和
英雄爸爸

　　人生有很多意料之外的事情，但一旦遇到了，我们会惊奇地发现对于这些未知的部分，我们的身体已早于我们的意识接受这些事情。

　　在以前，我从未想过会成为大家口中的"超人妈妈"。从怀孕以来，妈妈适应着身体上的改变，也适应着身份上的转变。有时候，我摸着肚子，感受着你们在肚子里的心跳，我不自觉地感受到自己肩上承担的责任变多了。我是你们的妈妈，我是你们的依靠。

　　不是每一个女性生来就会做妈妈，但自从有了你们之后，我感觉到我的生命中自然而然地产生了一种能量，这种能量很柔和，却很有力量。这种特有的力量来自于我的体内，是任何人，任何力量都无法取代的。

在以前，我也从未想过我能同时抱动两个小孩。以前逛超市，稍微买了一点东西，我就喊累喊苦了。皓皓还没出生时，我只带着轩轩你一个人的时候，当时就觉得很费力了。后来，当你们两个一起要我抱着的时候，我真想说：算了，我不干了，我不抱了，我累死了。可是实际上，虽然我承受着加倍的重量，但是也感受到了加倍的幸福感。

当然，超人也有飞不起来的时候，有时候我也会手忙脚乱。

记得有一次在飞机上，你们两个人都要上厕所。当时我不放心把你们其中任何一个人单独留在座位上，所以只好带着你们两个人一起去厕所，一个一个地把你们带进去，给你们脱裤子，抱你们起来，还要给你们穿好裤子。等你们俩都上完厕所，我已经满身大汗了，这时我自己也想上个厕所。

不巧，那天我穿的一件连体衣，一不小心，拉链卡住了拉不下去，又想到你们还在外面等着我，我就更着急了，越急越乱，拉链彻底卡住了。我只好先想办法遮起拉链，找空姐要了

个小工具来弄拉链。费了九牛二虎之力，终于
把拉链拉起来了，才突然想起自己还没上厕
所……可是这时候，轩轩在外面等得有些着急
了。我只好带你们回到座位，最后我连厕所也
没上成。

当然，超人也会有疲惫的时候。有时候一
疲惫，就会心情不好，就会变得没有耐心，会
凶你们、吼你们。这是妈妈的不对，妈妈以后
会努力控制自己的情绪。

在成为超人妈妈的过程中，我也和你们一路
成长。

我学会了很多之前从未学过的东西，想明
白了一些道理，也正在慢慢探索着与你们相处
的最舒服的方式。感谢你们对我这个不成熟妈
妈的包容，你们的一句"妈妈你辛苦了""妈妈，
我以后不闹了"，常常让我感动万分。

我努力引导你们去观察我所看到的美好世
界，也试着引导你们看到世界的阴霾面，经历
彩虹也经历风雨；我希望你们学会自我保护，
照顾好自己。

我试着再努力一些，再教你们一些东西。

许多意料之外的事情，往往是情理之中。因此，我们的身体总是比我们的意识诚实，把未知的部分变为已知。

如果妈妈是超人，那爸爸就是英雄，是榜样，是偶像。

爸爸这个词，在叫法上就与妈妈的发音不同。所以，这也许就注定了，爸爸在你们生命中所扮演的角色，在某种程度上，不同于妈妈所扮演的角色。爸爸的力量是另一种力量，这种力量是沉默的，但是同样有力。大多数来自于父亲的爱，都是无言的，但这种沉默背后却是一种更用心的守护和陪伴。

你们常常会埋怨爸爸忙，总是看不见爸爸，就像之前在上海举办新家 Party 的时候，来了这么多人，十分热闹，但爸爸因为要参加比赛不能及时赶回来。我看到了你们的失落，我也很难过，但是妈妈不能那么任性，让爸爸放弃比赛回家参加 Party。

以后长大了，你们会认识一个叫"梦想"的词语。梦想是一个很伟大的词，它代表了一个人一生的执着和坚持。爸爸的梦想是拳王，他的一生都想"浪费"在打拳这件事上，这件事情让他感到很快乐。

我们没有权利剥夺一个人的快乐，就像我们也不能剥夺一个人的梦想一样。

像你们爸爸这样勇于追求自己梦想的人不多了。我被他追求梦想的执着感动，虽然我看到他受伤会心疼会难过，可是我看到更多的是他站在拳击台上流着血却开口大笑的样子，特别帅气。

妈妈之前跟你们说过，人活在世，不可避免地会听到反对的声音。爸爸也听到过很多质疑的声音，但他没有急于解释，也没有自暴自弃，他坚定地执着地坚持着自己的梦想。为了比赛，他节食，锻炼身体，你们知道节食有多辛苦吗？爸爸瘦得前胸贴后背，妈妈特别心疼，但爸爸说他没事，他可以的。

英雄，就是向着枪口毫无畏惧地走过去。即使前方困难重重，也决心勇往直前。这一份坚持和执着，难道不值得你们学习吗？

你们，尤其是轩轩，一定看到过爸爸受伤的样子吧，每次爸爸在台上比赛，或多或少都会受伤，流血也是家常便饭，可是你们有看到爸爸哭过吗？不管受了多大的伤，爸爸都坚强地挺过去了。

　　这个世界上的男人有很多很多种，当然，成为爸爸的人也是各有各的样子。有的爸爸很搞笑，会变魔术，会做游戏；有的爸爸性格沉默，却默默地为孩子做了很多事情；有的爸爸很厉害，会做很好吃的食物。你们真的很幸运，不是所有人都能有这么帅气的爸爸的。你们应该觉得骄傲，不是每个人都拥有这样帅气勇敢的爸爸。我希望你们能够记住英雄爸爸的帅气和勇敢，以及他对于梦想的执着和勇气。

　　妈妈很希望，你们最终可以成为爸爸那样的男人，勇敢地追求自己渴望的东西，勇敢追寻自己的梦想，对未来想要从事的职业抱以深深的热爱，还有那种怎么都用不完的热情和勇气。

　　其实也不用经过太多意料之外情理之中的事情就可以懂得，人生没有什么不可跨越，因为没有什么不可得到。困难总是被夸大其词，唯一的作用不过是安慰自己的止步不前和知难而退。

致调皮的
轩轩哥哥

邹明轩，你就是爸爸妈妈的小太阳，充满阳光。

我对你的爱从未减少

这些曾经近在眼前的小孩子，天天与自己相处、对话、嬉笑打闹，一幕幕好像就在昨天，一个个突然就长高长大了。书里也说：小孩子是一天一个模样，天天都有不同。

也许是因为妈妈跟你相处的时间太长了，你一直陪在妈妈的身边，每天都做着差不多的事情，过着差不多的日子，我反而察觉不出你的变化，感觉你一如既往的淘气和贪吃，反倒是爸爸，每次看到你，都会惊喜地发现你的变化，长大了，长高了，长胖了，处处都是兴奋，而后又懊悔工作太忙，错过了你每天的变化。

轩轩，对不起。妈妈有时候忙，忽略了你的感受，妈妈跟你道歉，但请你相信，妈妈一直爱你。

在我怀着皓皓的时候，你常常对妈妈鼓起的肚子感到好奇，那转悠的小眼神似乎是在想妈妈的肚子里面装着什么。我会抓起你的手，让你的手轻轻地抚摸妈妈的肚子，跟你说："现在妈妈肚子里的是你的弟弟或者妹妹，你以前也在妈妈的肚子里。你要像妈妈爱你一样爱他呦。"

其实，妈妈有时候也会暗暗担心。因为你是一个特别渴望得到关注的孩子，妈妈不知道在有了弟弟或者妹妹之后，你是觉得有人随时陪着你玩而更开心，还是觉得有人分担了爸爸妈妈对你的爱，变得很失落。

轩轩，请你记得，自从你在妈妈的肚子里的那一刻起，我们就通过血脉连成了一体，即使最后你脱离我变成了一个独立的个体，我们也始终以血缘的方式相连。所以，妈妈一如既往地爱你，不会因为任何事情而改变。

　　轩轩，妈妈爱你。在怀着你的时候，妈妈常在想，你与我到底有着什么样的联系。当你第一次眯着你的小眼睛看我时，我突然觉得你就是我认识很久但又失散很久的老朋友。看到你，我就像是看到了小时候的自己，调皮、敏感、充满想象力。

　　你也许会抱怨，在有了弟弟之后，妈妈对你的要求越来越高。这是因为弟弟作为一个新生儿来到这个世界，他的很多认知都是从爸爸妈妈和你的身上学到的。除了爸爸和妈妈，皓皓与你的接触是最多的，你的说话方式，你的做事态度，都会潜移默化地影响到他，所以妈妈希望你在皓皓面前就是一个小大人的角色，希望你成为皓皓的榜样。

　　有时候，妈妈希望你在生活中让着皓皓，不要与皓皓争抢玩具或者发生争执，这并不是偏心，你要知道妈妈对你们兄弟俩向来都一视同仁、绝不偏袒。因为皓皓比你小、他的身体没有你强壮，他的思想没有你成熟，所以他有很多不懂事的地方，他需要慢慢成长。妈妈没有要求你以哥哥的身份忍让他，妈妈是希望你能够帮助他，帮助他锻炼强壮的体魄，帮助他树立正确的价值观。

妈妈希望你慢慢长大，变成一个真正懂事而又认真的小大人，帮爸爸妈妈分担一些事情。比如，妈妈在家做饭的时候，弟弟吵着要跟妈妈玩，你可以放下手中的玩具，陪着弟弟一起玩耍；或者，弟弟在完成手工作业时，需要你的帮助，你能二话不说地跑去协助他完成得漂漂亮亮的。妈妈对你总会有这或那样的期望，因为我知道你很棒，不过你也不要因此产生太大的压力，不要害怕让妈妈失望，因为妈妈不会失望，我对你只有希望。

后来，妈妈真正懂得了，其实你每天都在变化，只是行色匆匆或者焦头烂额的我，忘记停下来慢下来，仔细观察你的每一次变化。或许，在不经意间，我会突然发现原来你的头发已经盖住耳朵了，或是，原来过年时买的衣服已经不合身了。这些变化都会给妈妈带来小小的诧异，而后却是满满的欣喜。就像有一天，你一定也会不自觉地发现妈妈对你的爱一点都没有减少，反而随着时间逐渐浓厚。

做一个健康的小吃货

任何一种植物，如果想要茁壮成长，就必须吸收足够的养分和水分。但，不可贪心，一旦吸收过多，便不可避免地面临着"死亡"。世界万物的本质上都是一种平衡，一旦平衡被打破，便会呈现一种不健康的"病态"。

人也一样，对于食物的摄取，以满足身体的需求为界限。

食物恐怕是这个世界上最吸引人的东西吧，它的香，它的色，它的味，常常会把人带入一个无我之境。有人说，食物是这个世界最治愈系的东西，难过吃，开心吃，吃似乎是每个人都乐此不疲的事情，它能够让人暂时忘记痛苦和难过，也能让快乐加倍。

妈妈很爱吃，常常对自己说：吃饱了，才有力气工作。你这一点可是真像我，但是你青出于蓝而胜于蓝，用现在非常流行的话来说，轩轩你是一个标准的小吃货。每次看到你狼吞

莹颖
密语

虎咽的样子，妈妈打心底里开心，因为你主动积极地吸取营养，比起那些挑食厌食的小朋友来说，妈妈真该好好地表扬你。

妈妈有一个朋友，她的孩子特别不爱吃饭。每次为了喂孩子吃一口饭，她要紧紧地追着孩子跑，孩子饭没有吃多少，她倒是又跑饿了。她常跟我感慨："有轩轩这样的儿子真幸福吧，真想轩轩以后去我家吃饭，估计我家孩子看他吃得那么香，也会多吃几口的。"

我无言地笑了笑，说："等发现原来轩轩一顿能吃这么多米饭，你一定会担心家里的米不够。"你的食量惊人，营养是跟上了，可是轩轩，你知道吗？你吃下的食物，一点一滴地都长成了你的骨头你的肉，都长成了你一路飙升的体重。

看着你胖嘟嘟的小脸蛋，我不禁很想笑。看来，你的易胖体质也不出意外地遗传了我的。

虽然每个人见到你都会忍不住捏你的小脸蛋，大呼"胖嘟嘟的，好可爱啊"，但是妈妈很担心你的体重会超出一般儿童的正常值。人体需要平衡，身高和体重也需要达到一个平衡值，当你没有长高，体重却不断增加时，身体的平衡就被打破了，人就特别容易生病。肥胖相对于正常体重而言，更容易患上某些疾病，比如"高血脂，高血糖，高胆固醇"等。

妈妈很爱吃，誓要尝遍天下美食，但妈妈的体质也容易胖，所以妈妈为了更好地工作，为了身体的健康，我很努力地克制自己，我不会看到好吃的就立刻扑上去，我会想我现在是不是饿了，如果不饿就不吃，饿的时候再吃；我也不会毫无节制地吃东西，世界上最好吃的食物在狼吞虎咽时，也会显得无味；每次吃饭的时候，我不会把自己吃撑，一旦有了饱的感觉，立刻停止进食；有时候吃得多了，我会锻炼，把多余的热量全部消耗掉。

这种克制并不会显得痛苦，因为控制了食物的摄取，控制了体重，这样妈妈在工作时，才会更有力气，才会精力满满。

身体健康，是人这辈子最大的财富。

轩轩，你一定也见过爸爸为了比赛节食的样子吧，油腻的食物不能吃，高热量的食物不能吃，这个不能吃，那个也不能吃，每一餐都

莹颖
密语

要严格地控制量，每天都要严格地控制进餐次数，如果换作是你，一定大哭大闹了，因为你知道，不能吃自己喜欢的食物是一件多么痛苦的事情。

节食很难，但是爸爸努力在做，因为他需要维持身体的平衡，为了比赛时有更好的力量。节食很难，但是爸爸做到了。你知道这是为什么吗？因为爸爸自始至终都抱有一种信念，就是他要努力去赢，每一场比赛都不外乎有赢和输这两种结果，平局的情况不多，爸爸不是抱着必赢的决心去的，而是抱着"努力去赢"的心态去的，重点在于"努力"，不在于"赢"。如果爸爸没有这种坚定的信念支撑着，他就不会努力节食，但是他之后一定会后悔，后悔自己不曾为了比赛努力过。不曾努力过，才是这个世界上最令人懊悔的事情吧。

轩轩，你要向爸爸看齐，学会控制，控制每次的食量，控制每天的进餐次数，控制自己的体重，做一个健康的小吃货。

我总是相信，一个能够控制自己的男人最终是会胜利的。

生活就是不断探索

你对这个世界所有的好奇心都将回报你一种新鲜的认知。

如果每个人都是一本书的话，妈妈希望自己变成一本《百科全书》，只有这样，我才能很好地"对付"你这本《十万个为什么》。你对这个世界充满了好奇，时常用胖嘟嘟的小手指这指那，拼命地问我："妈妈，这是什么？那是什么？"

记得有一次，你在街上看到一个小朋友手里拿着一个抹茶冰激凌，你好奇地问我那绿绿的是什么东西。我当时故意没有回答你，拉着你的手，去路边的商店买了一个抹茶冰激凌给你，我想让你自己尝尝这是什么东西，是什么味道。看着你狼吞虎咽地吃完了，我问你："轩轩，你尝出什么味道了？"

你舔舔嘴巴，说："冰冰凉凉的，有一股奇怪的味道，但是很好吃。"

我笑笑说："这就是抹茶冰激凌，特别好吃，对吧？妈妈觉得吃起来有一股茶的味道，清香清香的。"

　　轩轩，很多东西、很多事情都一样，只有自己亲身经历过，才知道其中的酸甜苦辣。妈妈不愿意把你紧紧护在身边，不愿意让你只活在自己的小世界里固步自封。外面的世界很大很精彩，你一定要多观察多经历，虽然你可能会在观察或是经历的过程中受伤，妈妈会很心疼，但是我仍然希望你能够勇敢地去探索去尝试。

　　所以，妈妈特别赞成你参加《爸爸去哪儿》《妈妈是超人》这些节目，因为只有这样，你才会在童年时有更多不同的体验，才会更好地成长。当然，妈妈也有私心，生活中照顾你和皓皓，我难免有忽略的地方，所以希望通过这样一种方式，记录你们的成长。等你们长大了，我还可以和你们一起回忆小时候的点点滴滴。

　　如果那天，你问我抹茶冰激凌是什么，如果妈妈用语言告诉你"那是抹茶冰激凌，吃起来有一股茶的味道"，而没有让你亲口尝一尝味道，你就不会知道它凉凉的感觉是有多凉，你就不知道尝起来有茶的味道到底是一种什么样的味道，你就不会知道抹茶味的冰激凌和其他味道的冰激凌到底有什么不一样。

尝过之后，你才会真正知道抹茶冰激凌是什么味道，而且你还可以根据自己的感觉去定义抹茶是什么，甚至可以在尝过茶的味道之后，反驳妈妈的话："我觉得抹茶冰淇淋不是茶的味道，而是另外一种感觉的味道。"

这个世界本来就需要你自己去探索去了解，妈妈能做的，是帮你创造尝试和探索的机会，在你探索的过程中引导你，和你探讨，帮你分析不同的情况。

老人常说：我走过的桥比你走过的路还多。你不可否认就目前而言，妈妈的经历比你丰富，对这个世界的了解比你多，所以妈妈想分享给你我对这个世界的认识，希望在你前进路上，妈妈的经验能让你避免一些不必要的伤害。

经历固然是必须的，但如果你明明知道前面的路是错的，是不好的，却依旧固执地一头撞上去，这样很不聪明。

最好的保护不是保护你不要摔跤，保护你不要跟别的小朋友打架，保护你不要和坏人接

莹颖密语

触，而是给你足够的空间，让你自己去探索，学会自我保护；给你引导，让你学会自我思考，形成自己的主见；给你关爱，让你感受到陪伴，学会分享，善良地对待身边的人。

有的时候，我们感受到美好；有的时候，我们历经磨难。但是更多时候，我们在勇敢探索。

轩轩，你很棒。

记得有天早上，你在帮皓皓穿袜子。你把皓皓的腿抬得老高，想办法把袜子套进他的小脚丫里，我看你的动作那么笨拙，却还是很认真很用心地帮着弟弟。当弟弟说他还要穿衣服时，你耐心地告诉他："先穿好袜子，等一下再穿衣服。"妈妈真的特别开心，你真的长大了，有了小哥哥的责任感。

妈妈相信，你会越来越有担当，成为像爸爸一样的男子汉大丈夫！

轩轩，我们是母子，但我们更是朋友。

遇到很多事情，妈妈都会询问你的看法你的意见，以一个平等的方式沟通。妈妈希望通过这样的方式，你能感受到我对你的尊重和认可。在未来任何想要倾诉或沟通的时候，需要支持和指引的时候，需要一个好朋友在身边的时候，请随时找我。

轩轩，我们是相亲相爱的一家人。

记不记得，我们在上海一起找新家的时候，和爸爸视频，一起定下了小黑屋的规则：如果你和弟弟打架了，就一起到小黑屋里反省。爸爸妈妈不是为了惩罚你们，而是希望你们在小黑屋里能够学会互相照顾，互相关心。要记得，我们是一家人，是一个整体，我们要手牵手一起面对未来的困难。

轩轩，有句话说"女子本弱，为母则强"。感谢你来到我的生命里，改变了我对生命的看法，也激发了我的无限潜能。

轩轩，初为人母，妈妈有许多不成熟的地方，还望多多包容。

轩轩，未来共同行走的日子还长，还请多多关照。

致倔强的
皓皓弟弟

邹明皓，你就是爸爸和妈妈的小棉袄，充满温暖。

妈妈也会身不由己

回忆有时候就是这样，即使那些充满温情的故事不断温存，脑子里好像总会有一种无意识的伤感，仿佛被一种脆弱的情绪猛然击中，记忆的阀门也在不经意打开，一发不可收拾。

皓皓，妈妈首先要和你道歉。当你两三个月大的时候，爸爸要去美国准备职业比赛，妈妈想陪在爸爸身边。当时我们也不了解美国，也不知道将会面临什么样的状况。因为未知，所以可怕。那时候，我们只好先把你留在中国，爸爸妈妈带着哥哥去了美国。那时候，我们住在一个只有床垫的小房子里，连床支架和取暖设备都没有。

后来，我们在美国的条件好一点了，才把你也接到美国去，那时候你已经六七个月大了。

虽然时间如白马过隙，但这3个月对妈妈来说特别难熬，我总是会想到你，想你有没有哭有没有闹，吃得饱睡得好吗，是不是在想爸爸妈妈。

也许，你已经完全不记得那段时光了，可是妈妈心里会一直有这个遗憾。直到现在，每当在电视上看到留守儿童的画面，妈妈就会不自觉地想起那段把你留在国内的日子。为此，妈妈特别能理解那些在外打工的父母，一定是有不得已的苦衷和深深的无可奈何，才会选择与孩子暂时别离。

那时候真的很难，也不确定未来是否会有好转，所以才不敢带你一起到美国去。我常在想，如果有时光穿梭机，能够回到过去，能够回到那段时间，哪怕再辛苦，我也会把你带在身边。可惜，时光总是一去不复返，回不去了。

虽然妈妈曾经把你单独留在国内 3 个月，可是皓皓你也要庆幸，因为不是每个孩子从小都能和父母生活在一起，就像在电视上看到的一样，有些爸爸妈妈要去很远的地方工作，他们的小孩就被单独留在老家，甚至有些小朋友三五年都不能和爸爸妈妈见上一面。

皓皓，妈妈希望你相信，爸爸妈妈当时做出的选择是无奈的，没有父母愿意让孩子离开自己，没有父母不愿意看到自己孩子每次成长的惊喜，现实总会有这样或那样的遗憾，正因为有遗憾所以才会有不舍，有珍惜。

所以，我们要珍惜在一起的每一天，总有一天，哥哥和你都会长大，爸爸妈妈会老，你们要依靠自己的力量谋生，这是我们任何人都不能违背的自然规律。因为无力抗争，所以我们要加倍地珍惜一家人相处的时间。

虽然你可能对这段故事没有记忆，但妈妈还是决定告诉你，也许当时那个无奈的选择不是最好的，但一定是最稳妥的最符合实际情况的。妈妈想要表达对你的歉疚，也想要告诉你，无论什么时候，你在不在妈妈身边，妈妈同样爱你，牵挂着你。

　　刚来上海，有一次你不听妈妈的话，妈妈凶了你，你站在椅子上，哭着说"这不是我们家，我要回家"，那时妈妈的心都快碎了。爸爸的工作很特殊，四处奔波，我们也算是四海为家了，小小的你要跟着我们到处漂泊，我真担心你会缺少安全感，感受不到家的温暖。

　　但是皓皓，你要记得，无论我们在哪里，有爸爸有妈妈有哥哥有皓皓在一起的地方就叫家，爸爸那么辛苦，也是为了这个家，为了他自己的梦想。我们对于梦想，不是应该采取鼓励的方式吗？就像妈妈常常鼓励你去做自己喜欢的事情，我们也应该鼓励爸爸做他想做的事情。

　　我们要心怀感激，感激我们有机会生活在同一个屋檐下，感激我们一家人健健康康、快快乐乐地共同成长。妈妈很高兴能够看着你们长大，看着你们往远处飞，往高处飞，看着你们真正依靠自己的力量努力生活。

　　皓皓，以前我们四处奔波，现在我们在上海安了家，你会在上海读书、学习、成长，等

莹颖
密语

哥哥放学回家，等妈妈下班回家，等爸爸比完赛回家。

　　每一段回忆，也许都是一段往事，都曾经写满了酸甜苦辣，哀愁悲伤，但一阵清风拂过，往事终究都会过去，而当下，我们只有欢声笑语，爱与感动。

学会真正的专注

　　如果专注倾听，我们会听到角落里的每一株小草都有微小而洪亮的声音；如果专注观察，我们会看到角落里的每一只蚂蚁都有卑微而坚强的微笑。

　　你的脾气和爸爸妈妈很像，专注、倔强。

　　这一点也不知道你到底是遗传了谁，是像爸爸多一些还是像妈妈多一些呢？又或许，你从出生开始就是个与众不同的小家伙。你对于自己正在做的事情总是特别投入，特别专注，沉浸在自己的小世界里，享受着这种状态。但是，你专注时对外界发生的一切都毫不关心，毫无反应，甚至有时候妈妈和你讲话，你都听不到。

妈妈也知道，你是一个特别有想法的小朋友，所以可能有些时候你表现出来听不见，是因为有不愿意接受的部分。有些事情让你不开心了，或者你不愿意面对了，所以你才假装听不见，无视妈妈的话。

这是不对的，无论你有什么想法，你都要试着说出来。学会与人沟通，真的是一件特别重要的事情。

假设我们活在一个无声的世界里，各自为生，人与人之间不交流、不交往、不联系。往小了说，我们是画地为牢，把自己封闭了，禁锢了思想和需求，那么我们怎样与外界沟通呢？如何接受信息呢？还谈什么成长和进步呢？往大了说，社会要怎样正常运转呢？时代又要怎样发展呢？

我们生而为人，是因为我们本身就具有选择的能力，有自控力，还有用语言和文字沟通的能力。这就是为什么我们不是兔子不是老虎，而是"人"的原因。既然这种能力是我们与生俱来的，那么我们要学会正确地运用它，不能由着自己的性子来，不能想怎样就怎样。

　　不开心就不理人，不同意就假装听不到，这些做法解决不了任何问题。如果你不喜欢，你应该说："妈妈，我不喜欢这样，我想要的不是这样……"你说了，我才能试着理解你，站在你的角度去想问题；我们才能更好地沟通，想到更好的解决办法。

　　专注的确是一个很难得的品质，对于自己喜爱的事情投入百分百的精力，这是一件很让人开心的事情。妈妈觉得你这么小就懂得对所做的事情投入和专注，特别棒，但是妈妈要告诉你的是，先分清时间分清地点，再专注于你做的事情。

　　记得妈妈在给你和哥哥分房间立规矩的时候，哥哥在认认真真地听我讲话，你的注意力却被玩具吸引了，我叫了你3遍，你都没有理会，直勾勾地盯着橱子里的玩具车。

　　再比如，晚上睡觉前叫你换衣服的时候也是，你专心地玩着手中的玩具，完全无视我的话，直到我数"1——2——3——"了，你感觉到我生气了，才看向我，知道要听话了。

　　类似这样的事情还有很多，你的做法很不礼貌。无论是谁，对方和你说话时，你一定要认真听，无论你是否同意他所说的，都要认真听完，这是最基本的礼貌。

　　你的"投入"也可能是一件坏事情，比如你走在马路上，只顾着看手里的玩具，而不注意观察周围的行人、车辆，还有交通指示灯，这样是特别危险的。

　　把专注用对地方，是一件多重要的事情。

　　妈妈希望你能健健康康长大，即使我不能守护你一辈子，我也会尽最大的努力为你遮风避雨，为你创造一个安全舒适的环境。但，你自己要成长的部分，请你努力，努力把你的专注发挥出来，让它变成你的优势，成为你的标签。让每一个人想到你就会感叹："嗯，邹明皓是一个做事情特别认真特别专注的小朋友，他很棒。"

　　有一种英雄，也许不是纵然前方有千军万马，也要勇往直前的，而是专注做好当下事情的。我希望你成为这样的英雄，这样的你，也是爸爸妈妈想要看到的。

莹颖密语

勇敢表达

有一个小故事，说一条鲨鱼走错了路，在暗流汹涌的海底，它即使不动也会被推着走，如果要往反方向走，会超级费力，世界上最难的事情，恐怕是鲨鱼明知费力，却还是坚持反向走到最初想要达到的地方吧。

和天底下所有的兄弟姐妹一样，你和哥哥有很多地方都特别像，但世界上没有两个完全一样的人，所以有一点，你和哥哥很不一样。

遇到事情，哥哥爱哭，但你不爱。当然，不爱哭不等于从来不哭，有的时候哥哥欺负你了，你还是会委屈地哭。我把你的哭定义为：3 岁的你还不能够完全清楚地表达自己的意思和需要，除了哭，你找不到其他方式。

不知道是因为你在学说话的阶段，还是你本身就是个话不多的小孩儿，不得不说，你的个性真酷。后来，我慢慢发现，虽然你现在只有 3 岁，但是不得不承认你已经很有自己的想法了。

你和哥哥不一样。哥哥话多，有不开心的

事情，说完了哭够了也就过去了，擦干眼泪，抹掉鼻涕，又是一条江湖好汉，照样玩，继续闹，但是你不同，你就算哭过闹过，有些事情还是会放在心里。

就像上次，你对着姥姥哭诉哥哥欺负你，哭了两三次之后，姥姥一直都没什么反应，不帮你一起"对付"哥哥，你就会意识到跟姥姥哭没有用，所以你默默地去找东西武装自己，和哥哥来对抗。

在有些方面，你习惯了不去表达，而是自己采取行动。

可是皓皓，妈妈希望你有什么事情不要放在心里，我希望当你不知道怎么办的时候，能和妈妈聊一聊。无论谁对谁错，你先把事情表达出来。很多时候，只有我们说出口了，才能找到解决问题的办法。

我不止一次地跟你说过，沟通是一件特别重要的事情。试着把你内心的想法表达出来，这很重要，无论你处在什么样的年纪，都应该勇敢地表达自己内心的想法。同时，选择在合适的时机表达自己的想法，其实也是一件需要学习的事请；选择说什么不说什么，学会这件事也很重要。

以后，当你经历得多了，你自然就会慢慢懂了。

皓皓，不要害怕与人交流，不要把自己封闭在自己的小星球上。当你把自己封闭在自己的小星球时，你会错过很多东西；当你一直拒绝和别人沟通时，也就主动切断了自己成长的路。有时候，通过人与人之间的交流和沟通，你才会真正知道自己热爱什么，或者讨厌什么；想要什么，或者不想要什么；能做什么，或者不能做什么。以上这些看似简单的认知，对你的成长来说，却都是十分重要且必不可少的，甚至会贯穿你的一生。所以，不要小看"表达"这件事情。

相对于哥哥而言，3 岁的你还不是很会表达自己的情感和需求。但是我希望，你要试着去学去做。

作家龙应台曾经写过："所谓父女母子一场，只不过意味着，你和他的缘分就是今生今世不断地在目送他的背影渐行渐远。你

站在小路的这一端，看着他逐渐消失在小路
转弯的地方，而且，他用背影默默告诉你：
不必追。"

　　等你慢慢长大，你就会有自己的小秘密了，
妈妈不要求你把所有发生过的事情都事无巨细
地告诉我。我只是希望，妈妈能够在你没有主
意的时候，适时地给你一些建议，帮助你，引
导你，能够帮你解决一些问题当然最好，哪怕
最后就算只是陪你说说话，聊聊心事，妈妈也
感觉很开心。

　　人生都是一场勇敢的旅行，我们会有大
把的时间在同一辆公交车上，但这一生一世，
我们只能陪伴彼此有限的旅途，到了各自的
终点，互相拥抱下，随后挥手下车。正因为
如此，皓皓，当你一个人时，一定要勇敢前行，
勇敢表达。

　　皓皓，你很棒！
　　很多时候，我会觉得亏欠了你，但你依旧
成长得很好，妈妈真的为你感到骄傲。
　　皓皓，谢谢你。
　　你的到来是爸爸妈妈的福音。爸爸的职业

莹颖
密语

是拳击手，每一次比赛，他都是带着伤痛回家，没有例外。而且，由于职业的特殊，爸爸很容易患上一种叫作帕金森的职业病。你出生的时候，妈妈刻意保留了你的脐带和脐带血，如果爸爸不小心患上了帕金森，你的脐带和脐带血对于治疗爸爸的病会产生很大的用处。

皓皓，你就像小棉袄一样，温暖着爸爸、妈妈和哥哥。

你的到来真的特别宝贵，特别有意义。你不仅让轩轩有了哥哥的样子，陪伴哥哥度过一个不孤单的童年；你让爸爸妈妈的每一天都感受到了关怀和爱，给我们的家庭带来了欢声笑语。

皓皓，我们永远都是相亲相爱的一家人。

妈妈永远都记得你和哥哥在一起打打闹闹的情景，你和哥哥抢夺食物的画面，你和哥哥一起玩耍的样子，这一幕幕都组成了爸爸妈妈生活中最美好的画卷。妈妈希望的，并不是你和哥哥都能成为多么多么了不起的人，而是我们一家人能够健健康康快快乐乐地生活在一起。

　　如果说轩轩哥哥改变了我，那么你就是改变了我们这个家庭。

　　有你们，我很知足。

你 知 不 知 道，
我 很 爱 你

...

我想我只会更爱你

我想和你一起慢慢变老——写给老公的信

"我爱你。"

"对不起。"

爱情，大概就是在生活的琐碎细节中，即使词不达意、鸡同鸭讲，

在交流的过程中耗光了所有耐心，但依旧坚信对方是相伴余生的另一半吧。

我想我只会

更 爱 你

　　爱情，大概就是在生活的琐碎细节中，即使词不达意、鸡同鸭讲，在交流的过程中耗光了所有耐心，但依旧坚信对方是相伴余生的另一半吧。

　　一个周末，我打算带轩轩和皓皓去电影院。之前答应好的，如果他们在幼儿园表现得好，我就带他们去看电影。我看了一眼老公，问："你晚上跟我们一起去看电影吗？"

　　再过一周，他又要飞去美国了，而上一次他陪轩轩和皓皓去电影院，应该是在半年前。而我和他的二人世界，应该是在很久很久以前了，我都快记不清当时的场景了。

他说他晚上有事情。我当时心中很失落，却只能装作若无其事地说："哦，好的，没事。"但心有不甘，"那你大概几点结束啊？有一场9点的，我们可以等你……"他看出我的心思，说："那我结束了尽快赶过去，争取赶上9点那场。"

电影临近开场前，我一边买零食和饮料，安顿着轩轩和皓皓，一边看着手机，生怕错过了他的消息。过了一会儿，他发来微信："给我买一杯热饮。"我心想着他晚饭一定喝了酒，胃可能不舒服，于是买了杯蜂蜜柚子茶。

电影开场时，他还没有到，我捧着蜂蜜柚子茶，带着轩轩和皓皓找到座位。

过了十分钟，他说他到了，我匆匆忙忙摸黑出去，接他到座位上。他坐下，我递上热乎乎的茶，他浅吸了一口，冷冷地说："这不是我要的味道。"我一怔，不知道如何接话。

接着，他兴冲冲地跟轩轩和皓皓互动。"电影好看吗？""你们知道鳄鱼吗？""怕鳄鱼吗，爸爸保护你们啊。"当时轩轩和皓皓沉浸在电影剧情里，没有回应他的问题。

半晌，我听到一阵鼾声，他睡着了……轩轩摇摇他的手："爸爸，你快看啊。爸爸，你怎么睡着了？"我示意轩轩不要吵，轻声说："爸爸累了，让他休息一会儿吧。"

电影散场，在回家路上，轩轩突然说肚子疼，我的神经一下子就紧张了，因为轩轩这孩子从小到大，只要肚子一疼，就会连拉带吐患感冒。

到家后，我立刻翻箱倒柜找药，他突然走过来，说："那边还没有结束，我要出去。"我一怔："什么？可是轩轩肚子疼。"

"那我怎么办？"他的眼里冒出了一股怒火，话冰冷冰冷的。我心里很难过，低着头不说话，他察觉到了我的情绪，试探着喊了我，我低着头，没有回应。当下，我不愿意吵架，但要装作若无其事，我也做不到。

轩轩察觉到异样，弱弱地问："爸爸，妈妈怎么了？"他没有说话，把手中的外套摔在沙发上，气冲冲地往外走，我听到一阵摔门的声音。说不难过，一定是假的。我张罗着轩轩和皓皓去洗澡，笑着说："爸爸有事情要忙，我们先洗洗睡吧。"

深夜，我坐在客厅里哭了。爱情和婚姻常常有很多种样子；夫妻之间也有很多种相处的模式，也有着互不相同的表达情感倾诉的方式。每个人都有自己的道理要讲，每个人都有不满有不开心。

每个人都会有压力，无论是外部环境强加的，还是那由内心而发的，都不可避免地沦为压力的奴役。因此，在任何一段感情里，需要换位思考。否则，当我们长期把焦虑和不安通过这样的方式转嫁到对方身上，容易把两个人之间的默契，包括耐心一点一点地消磨光。

我很快调整了情绪，很多人都在感情里相爱相杀，这或许是因为我们都过于关注自己的感受吧。生命那么短，遇到已是不易，我们何必要和爱较劲赌气呢？无论当下遇到了什么，生命的路还长。我发现，即使他的脾气再糟糕，也丝毫不影响我对他的爱。他是我余生的陪伴，心中装满了爱，什么也不能阻挡我们幸福的脚步。

爱情是一种奇怪的东西，它能够让你瞬间

就跳入一条河流，而且深陷其中，无法自拔。

低头看手机，他发来一条短信："对不起。"
我破涕而笑，默默写下："少喝点，注意身体。
早点回家。"。

我想我只会更爱你。

我 想 和 你

——写给老公的信

一 起 慢 慢 变 老

我最亲密的爱人：

　　爱人好像一面镜子，通过你，我看见了最真实的自己。我在你面前，不必做作，不需加以任何掩饰。时间久了，我会越来越了解你，也会更清楚我自己是一个怎么样的人，真正需要什么。

　　不知不觉，我们从相遇、相识、相爱至今，已有十余年的时间了。遇到你，已是此生最不留遗憾的事情，唯一贪心想叹息的，也许是你还从未给我写过一封情书。

　　当我决定给你写这封信的时候，以为大笔一挥，洋洋洒洒，但我面对着空白的信纸，心头顿时涌上各种情绪，不知道从何说起，不知道如何下笔。

和妈妈，我可以像个长不大的小女孩，撒撒娇哭哭鼻子，也可以像个贴心的小棉袄，向她表达内心的感激；和轩轩，我可以跟他说他带给了我很多快乐，让我有所蜕变，也可以让他不要调皮，做一个好哥哥；和皓皓，我可以跟他说我内心对他的亏欠，他对于我们的意义，希望他健健康康地成长。

　　唯独对你，我不知道怎么说。对你的爱，对你的崇拜，对你的依赖，对你的心疼，对你的支持，希望你有更多时间陪在我和孩子身边的要求……这些感受，真的不是一句两句能够表达清楚的。

　　时间还长，你听我慢慢说。

公主
与骑士

　　童话故事里的结局，永远是"公主和王子幸福地生活在一起"。可是，骑士呢?

　　每个女孩子都会有一个公主梦，我也曾经无数次在梦里幻想过王子的模样。梦里的王子跟你长得一点也不像，真的。

　　中学，情窦初开。那日的阳光正暖，少年恰好穿了一件我最爱的白衬衫。年少时，一件白衬衫，一条牛仔裤，便是最好看的标配。

　　放学时，我看到少年穿着一件白色衬衫，单肩背着黑色书包，站在学校门口，与周围的小伙伴嬉笑打闹。少年长得清秀、干净、个子挺拔，笑起来的时候，还露出一口大白牙，清风微醺，白色衬衫飘飘然，少年像极了我梦里的王子。

　　我看着少年的背影，心一动。就这样，我喜

莹颖
密语

欢上他了。

少年是学校足球队的，我没课的时候，喜欢偷偷坐在观众席上，假装吹着风，实际上眯着眼看少年在操场上欢快奔跑。我总是偷偷在校园的人群里搜索他的身影、他的声音；我总是装作漫不经心地提起他的名字，渴望听到更多有关于他的消息。

这一暗恋，便是 3 年。少年白衬衫的魔咒，挥之不去。很长一段时间，我不自觉地对外表清秀、干净的男生产生好感。

你看，你和我的初恋完全不是一个类型的，少年是王子，而你是骑士。可是，我只爱你。

有人说，童话故事里的公主都会有个骑士，可是骑士终究不是王子，最后和公主幸福地生活在一起的人是王子。我并不认同，因为遇见你之后，我对少年那般的男子一点也不动心，我只爱你这无畏的骑士。

你是勇敢的骑士。

时下流行的"暖男"一词，仿佛是为你量身定做的。你有一身的幽默细胞，常常爱讲笑话，跟你待在一起，一点也不枯燥；你为人耿直，说话不懂拐弯抹角，目睹了不公平的现象，总会上前"主持公道"；个子不高的你，五官立体，眼神坚定而又执着，只要认定了前行的方向，便只顾风雨兼程，永不言弃；你会打拳击，全身都充满了力量，跟你在一起，总是特别安心。

大家都说是我上辈子拯救了银河系，这辈子才会遇到一个这么棒的老公。

在我的心里，你真的很棒，但你不仅仅只有"暖男"的角色，你也是"追梦人"，你还是"孝顺儿子"，你更是"暖爸"，你在生活中有许多的角色，而每一种角色，你都能轻松应对，并竭力做到最好。我感谢我自己，如果不是上辈子拯救了银河系，今生哪能够遇到你?

同样，我也感谢你穿越了重重人海，来到我的面前，牵起我的手。

我也逐渐在与你相爱和相处的过程中明白：王子有千般好，但是不一定适合公主。爱情，适合最重要，不是吗? 我希望做你的公主，你是我最伟大的骑士，你有你的梦想和使命，同时细心呵护着我的公主光环。

有你在，我就有家，就有了心安。

你我
本不相同

人总是在最异质最截然不同的人身上，才看得到自身最清晰的印记。你我本不同，但爱让我们在一起。

记得刚和你谈恋爱那会儿，我觉得我们俩根本不是一个世界的人。

你是搞体育的，混在体育的圈子里，我是主持经济频道的，混在电视媒体的圈子里。我有时候还会想着开阔眼界，看看体育，看看社会，看看外面的世界，而你完全不关心经济的内容，不关心任何与体育无关的事情。

你在赛场上充满活力，可是一出比赛，你就安安静静待在自己的世界里，两耳不闻窗外事。电视里，我乖乖地主持着正经的节目，一出摄影棚，我恨不得蹦个三五米高。

你不太喜欢社交，不到万不得已，不愿意多走动。我喜欢和三两旧友小聚，一起谈天说地，也乐于交新朋友。

也许正是因为这种不同，才吸引我们一步步走向对方。

我对你有好奇心。我常常在想，是什么让你不顾一切地站在拳击的舞台上，毫不动摇；是什么让你浑身充满了巨大的能量；你又是如何度过拳击生涯中漫长的日日夜夜？越是好奇，就越被你吸引。你的专注，你的执着，都深深地吸引着我。

你对我也像我对你一样是充满好奇心的吗？你也是看到与你截然不同的我，才一步步靠近的吗？

我想，是爱吧，让我们彼此靠近，相互影响。

我想通过我的方式影响你。你不爱动，所以我刻意地带动你，让你看看这个，听听那个，带你领略四季的变换，带你发现世界的丰富和绚丽；你爱打游戏，我明令禁止你碰游戏机，因为游戏玩多了既伤眼又伤身；我强迫你看书，硬生生地把书塞到你手里，说："你必须要看书，

莹颖密语

今天看两页，明天看 5 分钟，后天看 10 分钟。这样，你就听不到周围的嘈杂，能很快地进入状态。"

我也知道，有时候我的方式过于强硬，可是你从来都没有拒绝或者反抗过，因为你大概也知道，我这么要求是希望你好。

你也用一种潜移默化的方式影响着我。我的脾气有时候不大好，而你总是温和如细雨，看着你的笑脸，原本想发火的我，最后竟也乖乖地收敛起了脾气。后来，我慢慢学会了控制自己的情绪，在想发脾气的时候，先静一静，考虑一下你的感受和需要，再转换一种方式表达。

同样，我也深知你虽然看起来毫无脾气，却始终有你坚定的原则和立场，绝不动摇。

真爱也许一见钟情，但死生契阔与子成说，执子之手与子偕老的相濡以沫却需要漫长岁月来实现。

我们共同进步，你在比赛中取得了好成绩，成为闪闪发光的英雄，我细心照顾好我们的小家，变身充满力量的超人妈妈。我们为对方改

掉自己的一些缺点。你不玩游戏，多看书，我
少发脾气。在这个相互影响的过程中，到目前
为止，我们都有收获。将来，一定会有更多的
收获，我肯定。

　　世间最美好的爱情就是两个原本不同的
人，在一起变得越来越好。

新婚
初体验

钱钟书在《围城》里说：婚姻就像一座围城，城外的人拼命想冲进来，城内的人拼命想冲出去。在我的感受里，婚姻更像是一堵墙，墙内墙外各是不同的景致。

在结婚以前，你说你要当我的家长，当我的哥哥，保护我，照顾我；结婚以后，我发现你却成了我的孩子。

结婚初期，我对你有很多的不满，有一肚子的牢骚，我甚至在心里犯嘀咕：怎么结婚以后，你呈现出的样子为什么和你结婚前说的不一样呢？你不是说过要当我家长当我哥哥关心我照顾我的吗？怎么一结婚，一切都变样了呢？非但没有照顾我，还一直要我照顾，偶尔还无理取闹，时不时就变成了一个任性的两三岁小孩子呢?

直到有一次，一个非常要好的女性朋友跟我谈起她自己的故事，我的想法才慢慢开始有了转变。

饭桌上，她问我："你老公回家都做些什么呀? 他会帮你做家务吗?"

我尽力克制住自己即将喷涌而出的牢骚，淡淡地回应："他一般回家就躺着，什么也不干。"

"真好。"她出乎我意料地感叹了一声，"我老公回家，我也就是要他站没站样，坐没坐样，躺没躺样，什么都不用做，吃完饭就看电视，看完电视去洗澡，洗完澡就闷头大睡，想怎么样就怎么样，怎么舒服怎么来，该怎么乱就怎么乱。"

"为什么啊?"我很疑惑。

她说："我就是要让我老公知道，这是他的家，在外面累了一天，回到自己的家，他想怎么样就怎么样，只要他舒服就好了。"

当时，我真的完全不能理解啊，这个理论完全暴露了大男子主义的思想。

我认为家是我们两个人的，需要共同经营。我辛辛苦苦地把家里收拾干净了，你回来是不是也要稍微帮忙收拾收拾啊？哪怕你忙了一天，累了不想收拾，你是不是也应该尊重一下我的劳动成果啊？

　　你一回来就这儿一只鞋那儿一只鞋到处乱飞，吃完饭就撒手不管，难道就不能顺手把碗放进厨房的洗碗池里吗？

　　后来，我慢慢静下来，突然也就理解了。换位思考，假如是我一天都在外面来回奔波，回到家后，我一定想轻轻松松地躺着，什么也不想管，什么也不要想，过一种"衣来伸手饭来张口"的生活。

　　我们总是很容易对最亲近的人苛责，因为距离太近，放大了其中的瑕疵，但不要忘记了，家是我们最轻松的港湾，是我们无论离开了多久，一回头，它依旧在原地等我们回去的港湾，而亲人更是我们最值得依靠和信赖的人。

　　只有当我们身处一个温暖的港湾，只有当我们面对着信赖的亲人，我们才会褪去一切坚硬的盔甲，推心置腹地去沟通去交流。

婚姻需要沟通，需要交流。很多时候，我们会觉得自己不像对方说的那样，这里做得不好那里有缺点，甚至认为对方直接指出我的不足，是不尊重我的表现。因为这就是最真实的我啊，你爱的难道不就是这样的我吗？但是，当彼此推心置腹地沟通，我们会发现：哦，原来我的确有做得不妥的地方，以后我还是要注意一下的。

老公，我现在希望你在家能完完全全地放松，呈现你最舒服的状态，因为那就是你，我最深爱的你。我也希望无论发生了什么事情，你都愿意和我交流。

有时候，你表现得像一个长不大的小男孩，我也能了解这是你把我们的家当成是一个轻松愉快的环境，"为所欲为"，但我更希望通过我们两个人的力量，把这个家经营得美美满满、幸幸福福。

初婚的一番体验，让我真正明白婚姻的墙内墙外是两种不同的景致。从前，我在墙外，踮着脚想偷看墙内的春光烂漫、五彩缤纷；如今，我在墙内，细心打理着枝枝叶叶、花花草草，猛然意识到，原来从前目光所及的春光烂漫和五彩缤纷都是由一滴滴的汗水浇灌而成的。

　　墙内墙外的景致不同，在于看时的心情。婚前更多的是期待，是憧憬，而婚后更多的是相处，是责任。

你知不知道，
我很爱你

请照顾
好你自己

　　健康是一种很奇怪的东西。我们每天与它朝夕相对，却很难时时刻刻察觉到它的存在。但是，当我们忽然患了感冒，又或者突然因为小病小灾住进了医院，那么随之而来的，将会是一种骤然崩塌而且面目全非的生活。

　　有些东西，人生必不可少。不要等失去了，才知道它很重要。

　　从前，我看奥运会直播时，心里一直有个疑问：为什么拳击比赛和举重比赛要按照体重分级别，把某一范围体重的运动员分到一组；为什么参加比赛的运动员都要控制体重；为什么运动员要进行赛前体检。

　　直到嫁给你，我才逐渐把这些疑惑都解开。至此之后，陪你控制体重，陪你赛前体检也就

萤颖
密语

成了我的日常生活之一。

那天，我陪着你去赛前体验。当时，为了参加比赛，为了控制体重，你已经很久很久没有好好吃过东西了。有热量的食物，你不能吃，因为会增加体重；你每天都只能吃些高纤维的素菜，而且还必须过水，保证不沾油。

最开始，你跟我说你很饿，感觉像是难民一样，我还不信。体检的时候，医生把你的衣服撩起来，你躺着的时候真的已经是前胸贴后背了。那一刻，眼泪忍不住地涌上来，但又怕你看到，只好赶紧低头偷偷抹去。我心里难过，一边心疼你，一边咒骂：这该死的比赛，该死的控制体重。

可是，我却不能不让你去参加比赛，因为那是你的梦想啊。

每年比赛之前，我都会带你去做一个全身检查，通过对比每年的体检单，得知你身体状况的变化。当从医生处得知，因为比赛，你会有手麻的症状，视力也受到影响，重影越来越严重，甚至很容易患上帕金森，我很心焦。我知道你也有不安。

　　我们就这样相互隐藏着自己的情绪，试图给对方支持和鼓励。

　　这一次的比赛是你在国内的首战，也是你带轩轩参加完《爸爸去哪儿》的节目后第一次回到擂台上。你渴望证明自己，实现你的梦想和目标，但外界有关注、有议论、有争议，还有猜疑，你的压力很大，但始终苦苦坚持。

　　那段时间，你的脸比我还要瘦，而且看上去特别憔悴，现在想想，当时的你跟一个一心想着减肥的小姑娘真没什么两样。我除了心疼就是懊恼，恨自己无力为你分担些什么，只希望这比赛快点结束，你能够早点回家。

　　每个人都看到你在台上英勇，却从不知你背后付出了多少汗水。

　　在《来吧冠军》里，有一个能力展示"腹力球"的环节：8千克重的实心球从1.5米高的平台上直线掉落，把地面上的西瓜砸得粉碎。可是，你却在谈笑风生间，用腹部连续接球，我看着都觉得生疼生疼的，生怕你会受伤。哪有什么成功是天上掉下来的，都是你日日夜夜、一点一滴用汗水灌溉出来的。

　　莹颖
　　密语

你在训练场上的无畏和勇敢，总是具有激励人心的力量。每次看到你努力拼搏，听到你用力呐喊，我就有了更多的动力。

我会坚守在你的后方，照顾好家庭，照顾好两个宝贝，等待你的凯旋。

之前，我对你总有各式各样的要求，希望你不要玩游戏，希望你多走出去多交际，希望你对我更贴心。可是，这些要求我都可以舍去，因为我最希望的是你健健康康地陪在我身边。

所以，请好好照顾你自己。

骑士
的爱情

公主嫁给骑士，便是嫁给了爱情，这是公主一生当中最不后悔的选择，但公主有时候会难过，爱情是有了，但稳定何在呢？骑士注定要在外拼搏，保护着整个王国。

你就是那在外拼搏的骑士，而我是城堡中渴求安定的公主。

因为你的事业，我们一直四海为家。你要去美国集训，我就带着轩轩和皓皓去美国；你留在国内训练，我也陪在你的身边。每一次，当我们到达一个新的地方，我满心希望我们能够安安定定地生活着，在小区里优哉游哉，跟邻居说说笑笑，不用再四处奔波了，但是好像一旦我习惯了这里，不久后又要离开了。

终于有一天，你的事业在上海逐渐趋于稳

定，轩轩和皓皓也都到了该上学的年纪，我就和你商量着如何在上海安定下来。我想，我们终于可以有一个安定的家了。

我们所经历的生活，有时候就像暴风雨的前夕，看似风平浪静，实则暗流涌动。

骑士，你在外拼搏，辛苦训练，繁忙奋战，已经精疲力竭了，比赛前期常常整夜整夜地睡不着觉，我实在不应该把我的忧虑和压力再转嫁到你身上，可是，亲爱的骑士，身陷城堡之中，我常常会有一种深深的无力感。除了你，我还能和谁诉说呢？

记得刚刚到上海的时候，一切都还未定，你一头扎进比赛里，一直忙着训练，而我渴望成为你坚实的后盾，所以我就自己带着两个宝贝去找房子看房子。一天的时间，我接连着看好几套房子，看完了这套立马转下套，有时候两套房子还隔得很远，得来回折腾，仔细对比着质量、价格、地段等因素，处处衡量。

看了几套房子后，宝贝们走不动了，弟弟伸手要我抱，哥哥看到了也要我抱。我当时真的很崩溃，你也知道你儿子身上的肉有多结实，我可没那么厉害，能一手抱起一个。可两个宝贝都累得不行，我只能一个背着，一个抱着。

当时，我还在录制着《妈妈是超人》的节目，旁边的摄像大哥都看呆了。事后，编导们还专门跟我说，看我扛着两个小家伙，说这个节目还真是找对人了。

可是，亲爱的骑士，我不想做什么超人妈妈，我只想做你的公主。

经过一番周折，房子终于定了。你知道我一向喜欢热闹，为了庆祝我们在上海有了新家，我希望邀请邻居们一块儿开一个暖房 Party。我知道你不喜欢人多，特别是不熟悉的人，但我还是希望你能够一起参与进来，不是为了交际，而是能够和宝贝们有更多的互动。

你了解我的心思，也很想答应我，但最后还是因为无止境的比赛和训练，你又只能缺席了。你对事业的重视，我很清楚，你也有你的无可奈何，谁不想着趁年轻的时候为梦想多拼搏一些呢？我支持你的事业，也支持你的梦想，更理解你的辛苦，可是支持归支持，理解归理解，我和宝贝们满心的期待还是落了空，内心空落落的。

　　暖房 Party 上，人很多，很热闹，大家玩得都很开心，事先我带着轩轩和皓皓做的一些手工饼干，也都吃完了。

　　邻居有两个很可爱的小女孩对我们家的"熊爸爸"很好奇。"熊爸爸"就是你送给宝贝们的熊玩偶。她们摸着"熊爸爸"，说："这个熊玩偶带着拳击手套，好特别哦。"

　　我嘴角微微扬起笑意，说："这个叫'熊爸爸'，因为轩轩和皓皓的爸爸常常不在家，所以每当爸爸不在家的时候，熊爸爸就会代替爸爸的角色陪着轩轩和皓皓。拳击手套是爸爸最独特的标志。当他们想爸爸的时候，就可以和熊爸爸聊天，有什么想说的都告诉熊爸爸，比如'我今天表现得很棒''我今天很勇敢''我今天很想你'，什么都可以说。"

　　看着两个小女孩满脸的羡慕，我心里突然很难受。你是我们全家的榜样，轩轩和皓皓都视你为偶像。可是有时候，榜样和偶像都是有距离的，我多么希望我们之间的距离能小一些，再小一些。

　　Party 结束后，我哄着两个兴奋过头的宝贝慢慢入睡，他们玩得很疯，睡得也很甜。

　　夜深人静，我坐在客厅里，静静地看着满屋狼籍，你送给宝贝们的"熊爸爸"也静静地坐在椅子上，直直地看着我。顿时，我的眼泪再也忍不住了，"哗哗哗"地直流。

　　其实，那天我真的很开心，因为我们终于有了一个真正属于我们四口之家的房子。我不想轩轩和皓皓再跟着我们四处奔波，我不想让他们从小缺失安全感，所以我竭尽全力地想要找一个安定的住所，希望他们可以无忧无虑、快快乐乐地成长。

　　是啊，我做到了。可是，当拥挤的人群散去，当繁华的热闹褪去，刹那间，我却被空落落的无助和低落紧紧包围。我忽然好像看到了我妈当年的影子，在偌大的房间里，一个人又当爹又当妈。

　　想起皓皓说的"这不是我们的家，不是新家"，我不知所措，又束手无策。我以为只要在一个地方有了一间固定的房子就算是有了家，有了安全感，可好像不是这样的。宝贝们想要的到底是什么，我不知道作为一个妈妈，我还能为宝贝们做些什么，我不知道要怎么样做才能给宝贝们足够的安全感。

这种不知所措和束手无策，最后都成了对宝贝们深深的愧疚。

骑士的志向和责任是保卫整个王国的安全，有时候，我觉得你的梦想太伟大了，我无法替你分担你的辛苦，也无法化解你的压力，更扛不起你肩膀上的责任，甚至有时候，我觉得我连自己的那份责任我都要扛不起了。

公主的愿望是每天傍晚站在城堡的窗口，远远的就看到骑士回家的身影。我想要我的家庭是温馨和睦，充满了欢声笑语，一家人其乐融融地围着饭桌说笑。可是这一刻，我只有一个人，我多么希望你就在我身边，我可以依偎在你的怀里，享受你的呵护；我可以向你撒娇；我可以和你说说这一天中开心和不开心的事，发发牢骚；甚至我可以无理取闹地发脾气，然后你笑着哄我……

可是我最英勇的骑士，你始终有你的使命要去完成。

　　从前，我总渴望与你并肩而战；后来，我发现成为与你并肩而战的公主真的好不容易。因为我需要战斗，又需要经营生活。战斗是一时的，生活是长久的，而生活永远都是看似风平浪静，实则暗潮涌动，最耗费我精力的地方在于：我不能打破表面的平静，又要镇住底下的暗流。

　　如果我有重新选择一次人生的机会，如果我可以重新回到最开始认识你的时候，我想我还是会坚定地选择你，选择我们当下正在经历的生活，因为这就是骑士的爱情：为了爱，义无反顾。

以爱之名

　　婚姻的再感受不仅仅只是一种需要，而是必要。婚姻的深邃和奥妙，没有人能够一眼洞穿，我们在年轻时步入神圣的殿堂，却要相处到人生的尽头。20岁、30岁、40岁、50岁、60岁、70岁、80岁，每个阶段都需要再感受婚姻，每个阶段的婚姻都将会回报给你不同的体验，开放给你一个不一样的世界。

　　婚前，也如同很多人所认为的那般：在婚姻生活中，我们会为对方心甘情愿地改变，我们也应该心甘情愿地为对方改变，大家相互磨合，共同成长。

　　的确，爱情锋芒毕露，婚姻则相互妥协。我们为了照顾家庭的整体和睦和对方的感受而改变自己。但是，结婚后，我慢慢发现，有时候我们在婚姻中的状态如同我们处在当下社会中一样，地球不会为你一个人停止转动，时间也不会为你一个人停止走动，你很难要求社会为你改变，依照你的喜好而运行，你只能调整你自己的步伐去适应社会。

人与人之间的相处也是一样的，每个人都有自己的秉性。在两个人相处的过程之中，为了家庭整体的和睦，我们会考虑对方的感受。这一种贴心的考虑，会让我们自觉地克制自己，甚至改掉自己的习惯去迎合对方的感受，这就是爱情的魔力。

但是，非要要求对方刻意改变，那是很难的。要知道，在两个人一起生活之前，你自己有 20 多年的生活经历，对方也有 20 多年的生活经历。两个人在一起生活后，所能改变的只是在一起之后的每一天的日子，而不是一个人从童年时期到少年，再到青年的习惯和记忆。难道只因为你们相爱了，所有的一切就得统统改变吗？

人在最大层面是独立的，人身独立、精神独立，不为他人所捆绑。

以前我们常说：爱上一个人，不仅仅是爱上了他的优点，也要爱上他的缺点。在我看来，这个"爱"字是打了双引号的，这是一种强迫性的爱，我们强迫自己陷在这段感情，我们告诉自己：没办法了，我必须得这么做，我必须为了他改变。

我觉得这是我们在给自己压力。在婚姻中，有不舒服的感受是一件很正常的事，就像我一开始还觉得你婚前婚后的行为不一致呢，不也是不舒服了很久，后来才慢慢适应的吗？两个原本不同的人在相处的过程当中，不可避免地会发现对方的一些缺点，一开始，我们坚定地认为自己是绝对不能容忍这些缺点的。可是，婚姻不是儿戏，不能轻易重新来过啊。

爱情像一辆客车，在陆地上行驶，当发现自己坐错车了，可以招呼司机停一停，下车换乘；但婚姻像一架飞机，飞在高空之上，不到终点不能换乘别的航班。

于是，我们要做的是尽快找到解决方法：如何容忍，如何更好地相处。

以前，在你的想象中，你未来的另一半要

是安静的、话少的，可是你看我，我是主持人出身，话多得不得了。过去，你认为妻子就应该待在家里，足不出户，但我就是特别活泼，一会儿里一会儿外，忙这忙那，一刻也闲不住的。

谁都渴望我们的另一半是自己梦想中的样子，或者我们都希望把对方变成我们喜欢的样子。可是，每个人都有独立的思想，而每个人的力量也是有限的，所以对方可能没有办法成为我们想要的那个样子，而我们也无力改变别人。

因此，在这里，我要郑重地向你道个歉：老公，对不起。

遇到我之前，你有你自己舒服的生活方式，训练的时候好好训练，不训练的时候在家窝着打打游戏看看电视，但和我结婚后，我强迫你看书，因为人不能停止学习；我要求你看秀场，开拓一下眼界；我要求你多和别人沟通，多交一些朋友，扩展自己的人脉和圈子。但实际上，你是属于比较内向的性格，你不喜欢酒会社交的场合，在这样的场合里，你会觉得很不自在。

有时候，我也知道你完全是碍于我的要求

和希望，或者只是为了陪我才去的，但你的内心是讨厌的、排斥的。

后来，我反省我自己：我好像让你做了太多你可能还没有准备好，却被我当下要求立刻马上就去做的事情；我好像太希望你改变，所以在处理的方式上显得果断而强硬；我常常对着你的不配合生闷气：明明就是为了你好啊，但是你怎么就是不懂我呢？我很多时候都没有照顾到你的感受和需要，只是一股脑地把我认为好的、必要的东西塞给你，也不管你是否真的需要；我过多地以爱之名要求你、强迫你，却常常忘记了换位思考。

以爱之名，我总是从自己的角度出发；以爱之名，我常常忽略了你努力地克服自己，为我做的很多事情；以爱之名，这是一件多么自私的事情啊！

老公，谢谢你。感激你包容我自私的"以爱之名"，感谢你毫无怨言地接纳我对你的这么多要求和希冀。以后，我一定会更注重你的感受，给你你最需要的，而不是我单方面认为最好的。

　　爱情，也许是牺牲；但婚姻，是适应。我嫁给你，或者你娶了我，我们就都要去习惯，我们就都要去适应，为了对方去适应对方习惯的世界，而不是强求对方变成我们希望的样子。如同我们面对社会，需要我们主动去适应。

　　婚姻里，人们总爱说磨合，其实大概只是不想放弃自己的个性，却又希望对方放弃他的个性。这也许是一种贪心吧。

　　以爱之名，我们需要相互适应，各自保持着自己的个性，但同时又接受对方的个性。

爱的 "绑架"

电影《超凡蜘蛛侠》里，有一句经典的台词：
"With great power,comes great responsibility（能
力有多大，责任有多大）。"我对此的理解是：
一个人所站的位置越高，就不可避免地要接受
更多的瞩目和关注。

嫁给你之后，我常常会听到一些声音，好
的坏的都有，有祝福，也有旁观，也有质疑。

"你老公打拳击，他打拳击受了伤，你看
着你不难受啊？"

"你是怎么想的啊？也不阻止你老公。"

"你是不是特别爱钱，所以你就推他出去
打拳击赚钱？"

……

有些声音，我听了之后，实在不知道该如

何作答。

在我认识你的时候，你身上的标签就已经足够明显：拳击手。2004年，你参加雅典奥运会，为中国赢得了一枚拳击铜牌。

和你在一起后，我越发感觉到你对拳击的坚持和热爱。

当你准备转战职业拳赛的时候，我当然一如既往地支持你。可是，说句实话，我的心里特别纠结。一方面，我觉得你的梦想很伟大，我应该毫不犹豫地支持你；另一方面，我觉得职业拳赛的危险性太高了，我担心你的身体。

我多么想要求你"为了我，为了我们的家庭，为了不让我提心吊胆，你不要参加比赛，不要训练，你不要上场。不然打残了，最后我还要照顾你。不行，你不能去了！我们还有两个小孩呢！"可是，这些要求多自私啊！我怎么能够利用你对我的爱，去绑架你的梦想呢？

我听过许许多多的故事，故事都发生在现在的家庭生活中，老婆抱怨老公："你怎么天天出去应酬啊？你怎么天天在外面啊？你怎么天天都不回家吃饭？你在乎过我的感受吗？你在乎过孩子的感受吗？你陪我过过情人节、中秋节、国庆节吗？"

婚姻不易，难在不能轻易舍弃，难在无法随意更换，但在步入婚姻神圣的殿堂之前，我们每个人都有足够的时间去思考自己是否要踏入这条婚姻的大河。

就像我和你刚开始相处的时候，我们之间就不自觉地形成了一种沟通方式：只要是你的梦想，我就支持你；只要是你愿意去做的事情，我绝不反对；我会坚定地站在你的身后，做好我能做的，分担我能分担的。

这一条生活的基本原则，也许是我们携手共同走过那么多年的一个诀窍吧。

在我决定嫁给你的时候，我已经给自己打了好几支预防针：我在头脑意识清楚的情况下，接受你的职业是拳击手这个事实；结婚后，你会有很大一部分的时间倾注在拳击的事业上；你热爱拳击，这是你的梦想；你不会有太多的时间关注我、关注家庭⋯⋯

有的时候，即使预防针打得再多，只要强大的病毒一侵入，身体还是可能会不可避免地受到感染。

结婚的时间，需要根据你训练的时间定。当听到"为了不影响国家队的训练，婚礼尽量在 2 月 6 日以前举行"的话，我真的哭笑不得。婚礼在春节放假期间举行，一是国家体育总局拳跆中心的领导有时间参加，二是不影响国家队队友的训练。

婚后不久，你很快就投入训练当中。每次比赛前，你都需要加强训练、几乎没有回家的时间，我对着空落落的房间，心里满满的都是委屈：我还不如你的事业重要吗？你在事业上的责任感是不是太强了点呀？有时候，我真的很想抓着你问：如果我和事业同时掉进水里，你会先救谁？

很多时候，你要去哪哪哪集训，为了专心训练，你不能带我去。我就要独自一人在家忍受着与你分隔两地的思念与痛苦。

后来，我逐渐想明白了：我爱你，不就是因为你对拳击的热爱与专注吗？我爱你，不就是因为不管发生了什么，你始终都坚持着不放弃梦想吗？是的，我爱你，所以我会爱你的全

莹颖
密语

部。因此，现在我和你一起坚持着你的梦想。只要是你想做的，我都支持你。

好在现在时代进步了，科技也发达了，通讯和视频都很方便，即使相隔两地，我们还能够每天看到彼此。可是，相对于视频，我更希望自己能够在你的身边，陪着你，为你加油打气。现在的交通也很方便，你没时间也没关系，你看不了我和宝贝，我就带着轩轩和皓皓去看你，高铁"嗖"的一声，就会把我们输送到你的眼前了。

每一次见到你，我就会充满力量。真的，看到你和宝贝们互动，我心中所有的郁闷和难过都烟消云散了。你就是我的情绪良药，有时候心情不好，或者脾气不好，只要一见到你，心情和脾气就都变好了；你也是我的充电器，有时候我觉得累了，做什么也提不起劲儿，一看到你充满斗志地训练，我浑身也充满了能量。

十年了，这一点一直都没变：只要看到你，就什么都好了。

婚姻生活，多的是琐碎的小事，我们其实不必太过纠结于细节。爱能够化解一切，爱无法化解的，就用沟通来化解。我觉得在婚姻的相处中，最重要的是沟通。我们沟通好：彼此可以保留我们各自的原则和底线，在线内，你有你的奋斗，我有我的目标，而线外，我们的终点是一致的。

想明白这一点之后，婚姻就没有问题。因为婚姻，要的就是明白。

在婚姻中，我觉得共处的两个人不要说"你知不知道我很爱你""你看看我有多爱你""你看看你有多不爱我"，以爱为名的"绑架"是一种负担，我们需要说的只有"我爱你""你爱我"，需要做的只是看着同一个方向，共同前进。

恨不与之齐

亦舒曾说：世间最难的事情是维持婚姻，地位不平衡的婚姻尤甚。

你我在家庭中的地位是平等的：你爱我，照顾我、保护我；我爱你，陪伴你、支持你；遇到了什么事情，我们以沟通的方式解决。但有时候，我能感觉到你我之间的距离，不是你我在生活中的距离，而是你有你伟大的梦想，努力拼搏，而我好像成了你追逐梦想的羁绊。

我希望成为的是那个可以一直陪伴你、支持你的贤内助，竭尽所能地帮助你。当你决定转战职业拳坛时，我二话不说地收拾行李，陪你到纽约。我不委屈，能够每天陪在你身边，陪伴你、支持你，已经是很幸运的事情了。

在纽约，你训练，我做饭；你训练，我学

习英文；你训练，我洗衣服；你训练，我申请做主持人。
现在想想：咦，你的生活好单调哦，还是我的生活丰
富多彩。

　　关于梦想，你有你坚定要做的事情，坚持、有耐心、
有毅力，我站在与你不同的起点上，我想做的，能做的，
要做的就是做我喜欢做的事情，努力地靠近你。就像，
成为 TOPRANK 的主持人是为了更靠近你。

　　不过，真正成为 TOPRANK 认可的主持也是因
为你。

　　记得有一次，我要采访菲律宾籍拳击运动员曼
尼·帕奎奥。在采访之前，我做了一些功课，列了
一些采访提纲，其中有一个问题是："之前，您输
掉了几场非常重要的比赛，去年年底才以漂亮的胜
利宣告了回归，此次您将与蒂莫西·布拉德利（美
国籍拳击运动员）对战，您的身体和心理都完全做
好准备了吗？"

　　你看完这个问题，摇了摇头，你认为我提出的这
个问题虽然看似很尖锐，但实际上，我不会从帕奎奥
的口中听到任何观众想要的重磅信息。

　　我认为你的意见很有用，于是，我又重新回到电
脑前，继续查找有关于帕奎奥和布拉德利的报道，我

浏览时看到了一条布拉德利对帕奎奥的评价："他的杀手本色不再。"于是我将问题调整为："距离上一次 TKO【Technical Knockout，（拳击中的）技术得胜】对手已经过去了很多年，布拉德利也认为您失去了'杀手'的本质，他这么说，您承认吗？如果机会来了，您要怎么抓住？"我拿着问题再去请教你，你说这个问题不错。

后来，我采访帕奎奥时，抛出这个问题，他显然被这个问题激发了斗志，他字字有力地回答道："如果他认为我没有杀手的本质，那么我就要让他看看什么是杀手。"随后，我将同样问题抛给了布拉德利，他也信心满满地回答："我就要 KO（Knock Out，拳击赛时把对方击昏或击倒，也可以常引申为'完成''结束'）他。"

这一次的采访，因为这一个精彩的问题在众多新闻采访中脱颖而出。

幸亏有你。我不懂拳击，也谈不上喜欢，但是在你的影响下，或者说因为你身在这个领域之中，我开始热爱这个行业，开始热爱拳击精神。

　　爱是相互的，在工作的领域中，并不是只有我在照顾你、陪伴你，你也一直在支持着我。记得有一次媒体采访，你说："不是不放心，就是想要在她身边给她更多的支撑，就像她一直陪着我征战一样，所以我也希望自己能够在她的领域里陪着她，当然啦，她现在的领域也是在我的圈子里。"的确，在我录制第一次访谈的时候，有你的全程陪同，我就没有那么紧张和不安了。

　　我努力地一步步靠近你，你也耐心地陪着我一步一步走。每次我觉得信心不足、没有底气的时候，只要一转头，看到你正在注视着我、默默地为我打气，做我最坚强的后盾，我就有了坚持的信心和勇气。

　　在与你相识、相恋和相处的过程中，我想明白一些道理：当两个人决心步入婚姻的殿堂时，我们需要确定的是，那个我们选择与之共度一生的人，与我们在心态上是平衡的。婚后，夫妻俩共同进步，如果一方不断向前、一方却原地踏步，那这段婚姻会逐渐不平衡；或者那个我们选择与之共度一生的人比自己优秀，在婚后，我们向对方看齐，努力追赶。这意味着，我们要确定自己有信心和能力消除对方与自己的差距，不过这并不是要求我们必须站在与对方同等的财富或者职业上，而是必须拥有独立的人格。

每个人的标签都不应该是某某某的妻子或者某某某的丈夫，而是一个真正独立的人：经济独立、人格独立。

两个人既已决心共度一生，那么一路上就要互相扶持，共同成长。

在人生的历程中，总有无数"恨不与之齐"的时刻。看了一场演唱会，淹没在人山人海里，却始终喊不出"×××，你看到我了吗"？容纳着成千上万个人的场地，每个人都只是一个黑点；后台遇到多年偶像，心中激动万分，却不敢向前一步，勇敢表达"××× 你好，我喜欢你很久了"。

我希望"恨不与之齐"的状态一直鞭策我努力向前。

我希望你在拳击台上大放异彩，世间的聚

光灯都打在你身上，我站在观众席里为你加油
打气。你一回头，就能看到我。

　　我希望我不仅仅是你的妻子，你坚强的后
盾，更是你的骄傲，就像你是我们全家的骄傲
一样。

父爱如山

我现在始终相信，无论为人父母之前的我们如何幼稚，如何不自知，但是当我们一旦成为了父母，我们便无所不能，所向披靡，因为这就是父母的一种本能。

怀着轩轩和皓皓的时候，我一直都在担心你，担心你是否能够扮演好父亲的角色。虽然，你看起来勇敢、坚强，人也很幽默，也充满力量，让人很有安全感，但是你没有时间。

孩子是需要陪伴的。你几乎把所有的时间都放在了事业上，你忙着比赛，忙着训练，基本上没有好好地陪过孩子，有时候只匆匆看一眼。常常三五天不着家，人影都见不到。

当《爸爸去哪儿》的节目组找到你，我的心情是既开心又纠结。开心的是，我一直希望你有更多的时间陪陪儿子，在儿子的成长过程中，不仅仅需要妈妈的照顾，更需要父亲的引导。

男孩子受父亲的影响很大，价值观的树立，性格的培养，等等，这些都需要父亲的细心指引。

可是，我也知道你忙，那段时间你又刚好有一场重要的比赛，你需要时间备战，节目录制的时间刚好又跟比赛时间冲突。

你问轩轩："轩轩，你想上《爸爸去哪儿》吗？"

轩轩当时还不懂什么叫录节目，他只知道可以和小朋友一起玩耍，就急忙开心地跳起来，说："想啊想啊！爸爸，我喜欢和小朋友一起玩。"

你为难，我也跟着头疼。我承认我有私心，我希望你能和轩轩有更多单独相处的时间，但是我又知道，每次面临比赛前，你总会有很大的压力，夜里常常失眠睡不着。但我不希望干预你的决定。

时间对你来说是宝贵的。一方面，你当时有一场重要的比赛，训练迫在眉睫，另一方面，你渴望陪伴轩轩，弥补你之前落下的空白。一个是你的梦想，一个是你陪伴儿子成长的宝贵经历。

不过，知子莫若父，你知道轩轩希望你多陪陪他。在慎重考虑过后，你决定带轩轩去参加节目，算是给孩子也给你自己一个锻炼和成长的机会。

说实话，一开始我真的很不放心。你几乎没做过饭，轩轩又容易饿，万一轩轩饿着了怎么办；你总是心太软，万一轩轩闹脾气了，你就只会纵容他怎么办；你会不会不知道轩轩是冷还是热……虽然，平常你一有空余的时间就和我们在一起，但毕竟你带轩轩的时间不是特别长，而且大多数时候我都会帮着你。两天一夜的行程，我真的不知道你能不能受得了轩轩的磨人劲儿。

不过，老公，你真的很棒!

你很清楚如何扮演好爸爸的角色。第一期节目里，轩轩不肯上交零食，哭得稀里哗啦的，一个劲儿地喊"我会饿"，你还是坚守着节目的规则和你的原则，耐心地劝导他交出零食；

你耐心地帮他穿衣服，细心地帮他弄开打结的卷发，然后舀水轻轻地冲洗；轩轩是一个对输赢特别敏感的人，他总希望爸爸赢，自己赢，你会在输了比赛之后，告诉轩轩：人生有赢有输没关系，重要的是输了之后要记得重新站起来；有时候轩轩对吃的东西很自私，你面对着轩轩的"魔鬼式撒娇"毫不动摇，循循善诱告诉他要学会分享……

《爸爸去哪儿》的每一期节目，我都看得热泪盈眶，因为我深知你的艰辛，你的不易，可是为了轩轩，你都默默地扛下来了。

你也很清楚如何更好地教育轩轩和皓皓。即使你疯狂地热爱着拳击，即使轩轩完全继承了你身上的特点，同样对拳击有着疯狂的热爱，你却从来没有强迫他一定要和你一样走上拳击之路。你说过："拳击是我的职业，现在凑巧，拳击也在他的血液里，他也刚好喜欢拳击。不过这能否成为他的职业，得看他自己的选择。"

当听到这话的时候，我无比激动。在教育原则上，我们的观点很一致。

先前对你的许多担心，显然多余了。你仿

佛爆发了身体中强大的本能，摇身一变成了最暖心的爸爸。

我记得你在《爸爸去哪儿》的节目中表白："在他们第一次喊爸爸，第一次抬头，第一次爬，第一次走，我都基本上没有在他们身边。"老公，我知道你总觉得对轩轩和皓皓感到很愧疚，因为你总是忙事业，没有时间陪孩子。

老公，没关系的。记得有一次，我看到轩轩带着拳击手套，对着沙包狠狠地击打，我突然在他的身上看到了你当年的影子，那一双坚定的眼睛，那一股执着的劲儿。刹那间，我觉得你和他竟是如此亲近，仿佛曾经是一体的。

请你相信言传身教的力量，你对梦想的坚持与执着，已经成为轩轩最引以为傲的榜样。请你相信，他们终会懂得你对他们的深沉的爱，因为父爱如山。

十年一瞬

　　短的总是已经消逝的时光，而长的却是剪不断的回忆。

　　从 2006 年 4 月 19 日到如今，已经 10 年了。这 10 年，我们相识、相爱、相处，极其认真地携手走过，但一回头，这十年的时间好像只是不经意的一瞬间，人来人往、白云苍狗，世事变迁。

　　回想起这十年，无一不是跌宕起伏，悲喜交加，填满酸甜苦辣的过程。不过，有很大一部分，早已经被时间打磨得面目全非，想也想不起来了。

　　时间真可怕，时间也真伟大。

　　2006 年，我们在遵义第一次遇见，当时我并不知道"邹市明"这个名字的重量，活动主办方在后台告诉我说，你是拳击运动员，是贵州的骄傲。我当时特别惊讶，拳击运动员不是应该很壮很有肌肉的吗？可是你看起来这么瘦小。

当天晚上，你请我吃饭，我特别不好意思，因为你的爸爸妈妈都在场，我心想：怎么刚认识的两个人吃饭，搞得就像是个相亲见面会一样。不过，那一顿晚饭，你给我留下了很好的印象：热心、懂得照顾人。

5 天后，你说你要去古巴特训，我突然有些失落，但也不知道是为什么。临走前，你跟我告别，牵起我的手，我的心"扑通"一跳，我笑了，心想着我们这算不算"闪恋"啊。

刚与你在一起的时候，我收到了很多的祝福和支持，但也有人质疑我是因为你全国拳击冠军的身份才跟你在一起的，也有朋友好心劝我，说我们在一起一定是聚少离多。

可是，爱不是向来义无反顾的吗？

2008 年的奥运会前夕，为了能够集中精力训练，你忽然提出："我们半年内不要再联系了。"我当时听完就懵了，心想：完了完了，这哥们儿是要跟我分手啊。那段时间，我郁闷了好久，当时也根本没想到你参加奥运会的压力，我就一个劲儿地想自己哪里做得不好，你怎么就不要我了；我甚至还在怀疑你是不是移情别恋，喜欢上别的女孩子了。

一想到当时你那么决绝的语气，我就不敢去找你，连短信都不敢给你发，只能在电视上看你比赛，默默地为你加油。

半年之后，你在奥运会上金牌加冕，全世界都在为你欢呼，我也替你感到开心。突然，你来见我，拿着金镶玉的冠军金牌向我求婚，你说："比起钻戒，这个金牌嘛，还是稀罕些。"我从未想过原来你还有这样的浪漫细胞，但是那一刻，我暗自下了决心：我要和你在一起，一辈子。

这十年，我们就像是心灵爱人。和你在一起，不需要语言，只要一个眼神，我们就会知道对方在想什么。一桌子人在吃饭，你在讲笑话，即使所有人都觉得不好笑，我也会哈哈大笑，因为我懂得你在讲什么。我常在想，如果这辈子错过了你，我一定不会再遇到一个跟我

莹颖
密语

这么有默契的人。

这十年，我们不可避免地有过争吵。心会累，爱会冷，这好像是每一份爱情必经的过程。

这十年，更多的是开心。面对爱情的争吵，有人放弃，有人愿意再等。我想做的是在这不安的世界里，找到属于我们的归属。

生活像是一出偶像剧，我们是其中有着鲜活人性的角色，时间是故事亘古不变的逻辑。我不知道我们一起走过的这十年可以折算成多少集偶像剧，我希望我们这一出偶像剧永远都没有结局，我希望能和你有更多的对手戏，再一个十年，每一个十年，带着轩轩和皓皓，经历生活的每一个瞬间。

爱是承诺，更是信念。所以，我爱你。

谢谢你，
一直在我身边

...

我想更懂你

我想要你好好的——给妈妈的一封信

"妈妈。"

"妈妈。"

你是我这辈子最亲近的人，无论发生了什么事，你都会永远站在我身边。

现在，我长大了，无论发生了什么事，我也会永远站在你身边。

我　　　　　想

更　　懂　　你

　　我知道很多时候，很多事情不能两全。一旦我们选择了脚下的路，就不可避免地要付出一些时间和精力。我想要家庭，也想要事业，所以在生完皓皓之后，我慢慢恢复了工作，虽然常常忙得七上八下，但这是我自己选择的状态，我必须付出更多的努力去应对每一天可能会发生的状况。

　　通常早上 7 点的时候，眼睛还睁不开，我就必须出门了，满满一天的工作在等着我：化妆、赶时间、录节目、开会、饭局……

　　回到家，天已经黑了，最欣慰的就是一开门看到轩轩和皓皓笑着迎接我。两个宝贝围着我转，跟着我走。路过轩轩房间的时候，我看到我妈妈正在低头玩手机，我没有喊她。

　　平日里，轩轩和皓皓都是我妈妈一个人带着，我工作忙，根本顾不上他们。

我看到自己房间的书桌上放着一堆小卡片，想起今天还没来得及教孩子们识字。于是，我就拿着一些识字卡片，让轩轩和皓皓跟着我读。小孩子很聪明，也很好学，轩轩不到一分钟就全记住了，皓皓也咿呀学语地跟着哥哥念，很有样子。

教完识字卡片，时间已经很晚了。我准备卸妆，洗个澡，好好放松放松，所以让皓皓跟着姥姥回房间。

我妈妈立刻拉住我，说："我还没有洗澡，你先看着皓皓。"我疲惫地点点头，带着皓皓进了房间，当时已经十点半了。

皓皓想要拿手机听故事，我的手机被轩轩拿着，所以我只好哄着轩轩："宝贝，我们数到100，就可以用手机听故事了。"于是，我开始数数：1，2，3，4……100，101……200……

皓皓还没有睡着，一个劲儿地喊我讲故事；浴室里还"哗啦啦"地响着水声……

1个多小时过去了，马上就要12点了，我妈妈还没有出来。我的耐心在一点一点地被消耗，内心几乎是崩溃的：为什么不把刚才玩手机的时间用来洗澡呢？为什么要洗这么长时间呢？她就不能体谅我一下吗？难道她不知道我很累吗？一连串的郁闷都跑了出来，心情越发不爽。

深夜，整个世界都安静下来了，静得我都能听到自己的呼吸。

我想要家庭，也想要事业，当我选择了这条路，我必须为自己的选择付出代价，很多时候，很多事情真的不能两全，这就是我鱼和熊掌想兼得而付出的代价。如果我不工作，我就可以早早地给宝贝洗完澡，早早地睡美容觉了。可是，我想要的多了，自然付出的也要多。

想到这儿，我对我妈妈感到深深的愧疚。如果不是她牺牲了她的时间帮我带孩子，我哪里有这么多时间处理我的工作呢？而且轩轩和皓皓平日里那么调皮，她一定很辛苦。我又有什么理由埋怨她呢？

妈妈，对不起。

我常常忽略了你的感受，常常忘记了你也需要关怀，你也需要疼爱。

妈妈，我爱你。

你是我这辈子最亲近的人，无论发生了什么事，你都会永远站在我身边。现在，我长大了，无论发生了什么事，我也会永远站在你身边。

莹颖密语

我 想 要 你

好 好 的

——
写给妈妈的信

亲爱的妈妈：

　　不知道对于这样的称呼，您会不会觉得有点肉麻，毕竟我好像从来没有这样跟您打过招呼。

　　上一次给您写信还是小时候吧，现在我的心里一直都有很多很多话想跟您说，但是您知道的，每个人在面对自己最亲近的人时，往往会拙于表达。所以，我最亲爱的妈妈，时隔那么多年，我又写了一封信给您。

　　妈妈，真的很感谢您。

假小子的
快乐童年

　　每个人的童年大概都会有一段记忆，也许我们记不得全部，但至少能够记得一小点，或者一件小事儿。重要的不是在那段念念不忘的记忆里保留着的小事，重要的是我们从中获得的不同寻常的感受，以及我们从那件小事中获得的力量。

　　我对于童年的印象，似乎一直停留在假小子的页面。

　　我从小就是短头发，因为您没有时间帮我扎头发，而且您总说扎头发麻烦。有一次，我的头发好不容易养长了些，我自己在家试了半天，最后也没能够把头发扎起来，反而头发被我扯得特别乱，您一回头看到我这副模样，哭笑不得，最后索性就直接帮我剪了个蘑菇头。

虽然我看起来是个假小子，可是我的内心一直渴望变成一位公主：蓄着一头笔直的长发，穿着漂亮的连衣裙，套着一双长筒袜，再配一双小皮鞋，在人群之中闪闪发光。

不过小时候，我从来没有穿过公主裙，也不会穿。我特别清楚地记得有一次，我老远看见您蹲在花园里烧东西，烟雾缭绕的，还散发着一股焦味。我就问："妈妈，您在烧什么啊？"您看了我一眼，淡淡地说："跟你没关系，自己去玩儿吧。"我稍微走近一些，发现您烧的是一件公主裙，我看到裙边的蕾丝慢慢卷成一块儿，最后变成了黑色。后来我才知道那件公主裙是爸爸送给我的礼物，但是您不愿意让我穿，所以就把它给烧了。我不清楚当时您有着什么样的想法，但从那以后我再也没有跟您说过想要公主裙这件事。

我不穿公主裙，所以一整个童年，我有到处"撒野"的便利。一得空儿，我就到处去玩儿，和小伙伴捉蜻蜓、追蝴蝶、下河摸鱼、上山爬树、田间放牛……

那时候，外公因工作缘故，要去一个特别

偏远的山村，他顺便把我也带去了。我犹记得那个小山村，走在路上，迎面会走来一匹马，我偷瞄一眼，又匆匆埋头赶路，生怕马一头朝我撞过来。

每天早上，卖菜的卖鸡蛋的都会在马路旁排一排，蹲在那儿就开始吆喝卖东西，日出而作，日落而息，活像老电影里的场景。

外公工作，我就和当地的小孩儿混在一起，小时候的感情特别纯粹，有玩的有吃的，革命友情就深了。我喜欢和小伙伴一块儿跑到山坡上去放牛，因为之前从来没放过牛，所以对放牛总有一股新鲜劲儿。我喜欢看着牛吃草，又总想着骑在牛背上，可是一骑上那头老黄牛，它就一抖，把我从牛背上摔下来，一摔，我就滚到半坡上，人摔得晕晕乎乎的，站起来又想往牛背上爬。

我还喜欢躲猫猫，可不像现在一样躲在屋子里，我们都去森林里玩，找一个人得具备"火眼金睛"和"顺风耳"，不然天黑了，都难找到一个。

森林里，有一条暴露在外的大下水管，从

山上一直延伸到山底下，我们喜欢沿着下水管跑，一路上摔，摔得浑身是泥，身上到处都是擦伤和划伤，但是摔倒了又爬起来继续跑，跑饿了就摘树上的野果子吃，吃饱了继续玩。

小时候，哪有什么烦心事，只记得那种发自内心的无忧无虑的快乐。

正因为那段无忧无虑的日子，没有压抑我的天性和想象力，所以现在我和孩子沟通的时候，更能体会到他们的内心，我能理解他们内心的兴趣和热情。

当然，因为到处"撒野"，所以少不了麻烦：衣服要经常洗，而且经常得补。回头想想，您当时工作那么忙，家里条件也一般，我却总是要您经常帮我洗衣服、补衣服，不过幸好，您也就骂我几句。

妈妈，我真的很幸运。

这一段自由自在"撒野"的经历，也让我学会了坚强，学会独立解决问题。玩的时候，常常会遇到这样或者那样的小问题：从牛背上摔下来了，从山坡上滚下来了，擦伤了摔伤了，不敢声张，因为害怕第二天就被您关在家里不让出门儿了；到河边玩，把衣服弄湿了，在回家前我得想办法把衣服弄干。

我总是遇到一些困难，但我的脾气比较倔，越是困难，我的斗志就越大，我总会想各种各样的办法解决问题。

你觉得我不行？对不起，我会证明我可以。童年时期遇到的种种困难，都激励着我成为一个更好的人。

童年的经历虽然不能说全部但至少是有一定的可能，正在影响着或者说是将要影响着一个人的成长。任何一个人，但凡有情绪，就不会有完美的童年，把好的坏的对比起来看，其实每一个人的童年都会有遗憾，因此童年时期，如果没有一个合适的发泄出口的话，那么这种遗憾在很大的程度上会给成年以后的生活和工作带来深刻的烙印。

的确，原生家庭各种各样的问题都会对孩子的性格造成一定的影响。几乎每个人都认为：单亲家庭的孩子在成长的过程中会不容易，但是妈妈，我不觉得。没有爸爸这件事，并没有带给我什么特别不好的影响，您努力工作，竭

尽全力给了我最好的一切。该教的您都教给我
了，该学的我也都学会了。

您告诉我什么该做什么不该做，您教给我
为人处世的道理，您教会我乐观，遇到困难不
要害怕，您教我要靠自己的努力争取想要的一
切；您用行动告诉我：女孩子不需要依靠任何
人，靠着自己的力量也能好好生活，女孩子要
学会独立，在工作中找到属于自己的价值。

虽然我没有爸爸，但是我并不觉得我与其
他孩子有什么不同。

长大后，在工作中或者生活中，我也曾经
遇到各种各样的问题，但我都能自己解决。像
您教过我的一样，相信自己的力量，试着靠自
己的力量去解决更多的问题。现在，我也努力
地成为一个好妈妈，成为一个让轩轩和皓皓都
骄傲的妈妈，努力成为他们的依靠。

言传身教，父母对孩子的影响都是潜移默
化的，父母的一言一行都会被孩子看在眼里，
甚至有意无意地去模仿。小时候，父母的世界
便是孩子眼中的全世界，他会认为：这个世界
上，父母之间的相处方式就是人与人之间的相

处方式。

　　在教育轩轩和皓皓的过程中，我谨记您的方式：不溺爱，以防他们长大后无法适应外界人际关系、社会环境等，更不能靠着自己的力量解决困难，过好自己的人生。同样，我也不会管制得太过分，过于要求完美，他们的性格就容易变得唯唯诺诺，没有自我。

　　感谢妈妈给了我一个自由自在的童年，让我学会独立，在面对困难时，不想着依靠谁，而是自己学会解决问题。直到现在，我自己也成为了妈妈，尽力地给轩轩和皓皓适度的自由，不压制他们的想象力和创造力，让他们活成自己想要的样子。

说走就走
的 "旅行"

———————————————————

　　人生路上走着走着，总会意外收获许多东西，好坏不能轻易定义。有些东西像是具体的物品，能够胡乱放置，自由取舍，选择继续携带或者就此抛弃；而有些东西却好像是小时候摔倒时，划在皮肉上的伤口，即使在日后幸而痊愈，伤疤也无法完全淡去。回忆也一样。

　　小时候做过一些傻事，现在想起来还挺有意思的。

　　记得大概是在 3 岁左右，有一个晚上我尿床了。尿床大概是每个小朋友都会经历的一件事吧，谈不上害羞，等长大了以后，却可以成为一番谈资和笑料。但当时，估计您忙了一天累了吧，大半夜看我尿床了，心里特别生气，您当时一边换床单一边说："你怎么能这样呢？

莹颖
密语

你是个女孩子呀，行了行了，你走吧。"看您当时的表情，皱着眉，脸冷冰冰的，我觉得完了完了，您生气了，您不要我了，我就低着头乖乖地走了出去。

那时候，我们住的是厂里的平房，旁边是一个煤棚，我走出家门，看看周围，一片黑漆漆的，我也不知道该去哪里，只好蹲在煤棚里，一边看着天一边想：天什么时候亮啊？妈妈不管我了，我该怎么办啊？明天早上是不是不能吃早饭了啊？

您发现我真的跑出去了，一下子急了，直接冲出来，着急地喊我的名字。后来，您发现我蹲在煤棚里，把我拎出来，劈头盖脸地又是一顿骂："我叫你走，你还真的走啊？挺有骨气的啊！"其实我那会儿听懵了，明明是你刚刚叫我走的啊，我听您的话，怎么又挨骂了呢？

从那个时候开始，我有意无意地去揣测大人口中的话。等到后来，我自己也变成了一个大人，才意识到：大人是一种最喜欢口是心非的动物。哦，原来那时候您喊我走，我是不能走的。

那晚，您把我抱了回去，床已经收拾干净了，您轻轻地抱着我，我看着您的脸，有好多的话想跟您说。

妈妈，您知道吗？那个时候我以为您真的生气了，不要我了，所以才叫我走。我当时只有 3 岁啊，哪里能分辨出那些话只是您的发泄。我慌了，看您那么生气，我觉得我不能让您再生气了，所以虽然我很难过，可还是很听话地走了出去。小孩子哪里分得清真假呢，大人说的话，小孩子都会当真。

妈妈，您知道吗？您当时说的那些话，让我很没有安全感。您可以严厉地告诉我，我到底错在了哪里，您可以和我说，怎么做才能避免"尿床事件"的再次发生。虽然我只有 3 岁，不能确保没有下次，但是我一定会努力达到您的要求。

我希望您跟我讲道理，或者反复强调，这样我就会知道哪件事情是对的，我会加强脑海中的印象，久而久之，我就能够做到了。

不过我也知道，您在过去的几十年里，真的挺难的。

从我两岁开始，您一个人把我拉扯大，既当爹又当妈。

您好像从小就很能干。外公是监狱长，很少有时间在家里照顾孩子，外婆是家庭主妇，但是一个人照顾 8 个孩子，真的特别吃力，家里的经济压力和生活压力都很大。8 个孩子中，您是大姐，像所有家庭一样，您主动地分担了外婆身上的责任，早早地离开了家，在外上学，打工赚钱补贴家里。

我小的时候，您还是特别忙。家里的担子都压在您一个人身上，您一个人要做两份工。白天上班，晚上还要兼顾另一个厂子的情况。我记得我小时候都是在外婆家、姨妈家度过，几乎都见不到您。

我真的觉得您特别了不起。您独立、要强，把所有的压力都挡在了门外，遇到事情都一个人承担，把世间最美好的东西都给了我。

也许就是这样耳濡目染，在性格上，我们竟有点像，我努力地跟您一样，要强、独立，做什么事情都特别用力，不轻易服输。我努力工作，努力成为一个好妈妈，照顾好我的家庭。

慢慢地，我的身上有了您的影子，我带着那些
您给我的潜移默化的影响，不断成长。

世界上的妈妈并不都是一个样子的，每个
妈妈都有自己的脾气和性格。小时候，电视里
的妈妈总是温柔的、轻声细语的，但后来我发
现并不是所有的妈妈都是这个样子的。您和电
视里的妈妈真的一点都不一样，您做事干脆利
落，说一不二，这也许和您的成长经历有关吧。
您背负着那么大的生活压力，单身妈妈要面临
的东西其实远比我想象中的要多很多。

同样，在这个世界上，每一对母女的相处
方式也都不同吧。小时候，您常凶我，大概是
真的恨铁不成钢吧。

也许这就是您表达爱的方式吧，霸气，甚
至有些野蛮。您总习惯一言不发在我背后为我
付出，小的时候我不懂也没发觉，等长大了，
回头去看，总忍不住泪流满面。

成为妈妈后，我也越来越明白，母亲对孩
子的爱，永远比想象中的要多得多。就像当时，
您给我的爱以及对我造成的影响，远远比我所
能感知的，要多得多。

妈妈，谢谢您。

谢谢您在愿意我做一条嬉戏游玩的小鱼时，包容我的顽皮和任性，又将我的快乐如同一圈圈的涟漪般扩散开去。

谢谢您在我成为跋涉千里的夜行者时，坚定地做那重重夜幕里的一盏温柔的灯，远远地为我点亮，照亮我前行的路。

小时候
的信

每个人漫长的一生，都要尝尽酸甜苦辣各种味道，但要真正理解这些味道，或许真的需要一生的时间。就像小时候您对我的严厉，我不理解，甚至还会埋怨，但长大后慢慢明白：原来您对我的爱如此深沉。

上学的年纪里，我特别怀念我的童年，因为自背上书包的那一刻起，我就再也体会不到"自由自在"的感觉了。我记得您的要求特别多：不管什么时候，天黑之前必须回家，如果回家晚了就要挨打；不上学的时候，能出家门儿但是不能出大院儿；不能跟小伙伴出去游泳……

有一次，院里的小伙伴硬拉着我到不远的小河去游泳。我知道您说过我不能出院子，也不能游泳，但我特别想和小伙伴们一起玩，于是就跟着过去了。

小伙伴说："咱俩一块儿下去游泳吧。"
说完，她就穿着泳衣下河了。可是我不会游泳，
出门急也没有带泳衣，但是她都说了一起玩儿，
我就穿着自己的背带裙跟着下了河。

我不会游泳，在水里走了两下就爬上了岸，
可是衣服已经湿透了，我怕回家被您骂，于是
我就坐在一旁，把衣服脱了晒在岸边，一边晒
一边看着小伙伴游。夏天的太阳很毒很辣，头
发黏在额头和脖子上，到下午两三点的时候，
我直接晒脱了一层皮。

傍晚回到家，您看见我浑身上下邋里邋遢的
样子，气不打一处来，狠狠地骂："都说了不让
你出院子，你还跑那么远，你还去游泳，你真是
长本事了啊。"看着您生气的样子，我保证我再
也不敢跑去玩儿了，也不去河里游泳了。

结果，到现在，我还是一只旱鸭子。

妈妈，我现在知道，您当时凶我，是因为
怕我在河里游泳会遇到危险，所以才气急败坏
地说我。但当时，我只知道出去玩儿和游泳这
两件事让您不开心了，我不可以做您不喜欢的

事情。

上学的时候，您要求我每年必须考第一名，考不到第一名就要有惩罚。比如，过年的压岁钱全部上缴。其实，我对压岁钱没有过多的感觉，因为我也不是爱花钱的姑娘。

最让我伤心的惩罚是暑假不能出去玩。每年暑假，我都会有两本作业题：一本数学，一本语文。我跟您说我想出去玩儿，您点点头说可以，但条件是数学作业写完 15 页，而且一题都不出错，就能出门儿。

于是，我就在那埋头写啊写啊写啊写，终于写完了。您拿着计算器在那儿检查，错一道就要受到惩罚。比如，错了两道题就要拖地两遍。可是每次等我拖完了地，小伙伴们也都散伙回家吃晚饭了。

小姑娘的七八岁，正是贪玩的年纪啊，哪里受得了这禁锢。后来，我给您写了一封长长的信。在信里，我把我不敢和您说但一直想说的话全都写了出来。我记得特别清楚，有几句是："妈妈，我是您的女儿，您怎么忍心这样对我呢？我每天待在家里，就像是被关在笼子里的小鸟，我想飞，可我飞不出去。我每天看着小朋友们在下面玩跳石子，扔沙包，我特别想参与。我到底有哪里做得不好呢？为什么就不能出去玩儿呢？"我写了很多很多的话，然后把信透过您卧室的门缝轻轻塞进去，然后赶紧回自己房间把门锁好。

我特别希望您看到这封信，但又担心您看到之后不能理解我，又打我一顿。

可是，我完全没有想到的是，您看完信后，当着我的面笑："呦，你说你是小鸟，你怎么不说你是大雁啊，不就能飞得更高更远吗？"

我心里特别委屈，我不明白您为什么要这样做。我写了那么长的信，全心全意地写，希望您能通过信了解我的想法，就算最后您还是不让我出去玩，至少也安慰我两句吧。

我万万没想到的是，您居然挑了一个最无关紧要的细节笑话我。我很难过，也很懊恼，我为什么要写这封信？我为什么把所有的想法都一股脑地全说出来了呢？我为什么要说出来？

如今，我也是两个孩子的妈妈了，在某种程度上，我能够理解您当时的做法。但是，当我是八九岁的孩子时，却完全不能理解您。您看完信之后的反应，让我觉得自己的心意被嘲笑了，我好像在自取其辱，所以我后来就不再和您说心事了。人需要倾诉，既然不能跟您说，也不敢跟您说，我只能选择写日记了，把所有想说的话都告诉了日记本。

妈妈，很多时候并不是我长大了，也不是因为我青春期叛逆了，所以才不跟您说心里话。而是有时候，我说出了心里话，但您却觉得大惊小怪，无病呻吟。因为发现真心话不被尊重，所以我只能选择把自己的心事藏起来，至少这样，没有人会嘲笑。

妈妈，您发现没有，其实现在我们的交流方式也是这样，有什么事情我都不太和您说。有时候，遇到一些事情，我想跟您商量，但是您总是不在意，甚至有时候您还会生我的气，觉得我小题大做。

不得不承认，父母和孩子之间最无法避免的一件事情，就是代沟。代沟并不是贬义词，这个词仅仅代表孩子与父母的成长环境不同，心理素质不同，产生的价值观和对待事情的看法不同，因而导致在沟通方面产生了障碍。

消除这种障碍的最好方法就是沟通，无论父母是否年迈，无论孩子是否长大，沟通都特别重要。所以妈妈，我真的希望您能够耐心地听听我心里的想法，我希望我们能有更多的机会面对面坐下来，放下我们心中对彼此的要求和标准，真正地谈个心，让渐渐疏远的心再慢慢靠近。

我知道，妈妈您为我付出的爱付出的心血，不比任何母亲少，每个妈妈都疼爱自己的孩子，这毋庸置疑。为了我，您曾经牺牲了很多东西。可是妈妈，爱需要表达，爱需要经营，我们之间沟通的方式真的需要改进。让我们彼此都再多努力一些，寻找到更温和的相处方式，好吗？

我明白，您那么严格地要求我，是希望我成为一个有用的人。您把所有的期望，所有的心思全部都放在我身上，所以我不能输，不能落后，也不能不优秀。妈妈，我很感谢您当初的严格要求，培养出我现在的性格，别人越打击我，我就会积攒力气弹得越高，您越说我不行，我一定要做得越好。

谢谢你，
一直在我身边

当然，这更多的是一种心气儿，支撑着我在喜欢的工作中努力，在家庭生活中努力。

可是妈妈，如果有重新再来一次的机会，我希望我们之间的相处方式更柔和、更舒服。小时候，我特别希望能和电视里的母女一样，您了解我的想法，我什么事都能够对您说。可是，您每次都觉得我说的话不重要，很多事情没有必要说，那些我酝酿许久好不容易说出口的话、没有被理解，我很难过。

如今，我成了轩轩和皓皓的妈妈，我会尽量多去了解他们内心的想法和需求，不会因为我是大人而嘲笑他们，我努力地避免自己的无心之举给孩子们带来心理上的伤害。因为我亲身体验过，这很重要。

未来，我会试着去努力让我们之间的相处变得更好，我也会在我们的模式中吸取教训和经验，更好地与轩轩和皓皓相处。

那封小时候的信，对我而言是一份弥足珍贵的回忆。也许写满了泪水，写满了不甘，但始终写满了您当时对我的严格以及隐藏在严格之下的深深爱意。

莹颖密语

青春期
的日记本

青春期早就过去了，每个人都会回头嘲笑自己在年少时的多愁善感，并且暗暗跟自己保证：在以后的岁月中不再矫情。只是，我们还是会怀念当时怀揣着小秘密的自己。

日记本，写满青春期最多秘密的物品。每一种不希望被察觉的小情绪，每一个不愿诉说的小心思，都藏在神奇的日记本里。

我想谁都不希望自己的秘密被发现吧。我们永远不可能真正地了解一个人，因为没有人会把自己的每一面都展示给人看，总有需要隐藏起来的部分，总有需要在黑夜里偷偷开花的部分，总有一些事情，除了自己，再也不想第二个人知道。这些部分，这些事情，只适合静静地躺在日记里。

如果有一天，这些秘密被公开了，也许就像大白天在大街上被扒光了衣服一样难堪吧，即使是在最亲近的人面前。可是，您的性格虽然和电视剧里的妈妈不一样，唯独喜欢偷看日记本这一点，像极了电视剧里的母亲。

这是不是所有家长都喜欢做的事情？我想是的。

在给您写过那一封长长的信后，我没有得到我想要的关怀和安慰，所以我开始每天记日记，记录每天发生的故事，记录每天的心情。

后来，我发现您会偷看我的日记，因为我平时写完日记后，会把日记本方方正正地放在抽屉的一个角落。可是等第二天晚上我再拿出来的时候，却发现日记本旁多了东西，或者日记本和其他物品换了位置。

我问您有没有偷看我日记本，您不承认，我也不敢再追问，因为日记里写的都是青春期小女孩的小情绪，今天发现某个男生好帅，今天在暗恋哪个男生，放学回来的路上和某个男生偶遇……

的确，日记本里从未写过有关于学习的事情，我也心虚胆怯，怕您多追问，就只好灰着脸回房间。后来，市场上有了带锁的日记本，我就用带锁的日记本写。您看了之后说："呦，写东西还上锁哪。"那时候，我已经学会了不搭腔，不和您正面起冲突。可是我内心不断呐喊：能不能尊重我的隐私，给我一些私人空间？

如今，我成为了妈妈，我也能够理解父母去翻孩子的日记，有很大一部分的原因是因为好奇。每个孩子都会长大，相应的，父母会变老，父母与孩子之间，因为经历的不同，双方在某种程度上会很难沟通。但所有的父母都爱自己的孩子，就像我会很好奇轩轩和皓皓在学校的生活是什么样的，有没有遇到什么事情，是不是犯错了，是不是打架了，是不是被欺负了。

等到他们长大了，我想我会更好奇，好奇他们的学校生活，好奇他们内心的变化，想要多了解他们一点，但孩子长大了，有自己的小心思，有些话会自己藏着掖着不说，所以我可能会通过其他的方式来了解，比如偷看他们的聊天记录，比如翻看他们的朋友圈，等等。

可是，这虽然出自于爱和好奇，但也不应

该成为理所当然地翻看孩子日记的理由。父母总是习惯性地认为：孩子是自己的，那么父母就有权利知晓孩子的一切。

但是，每个人都是独立的个体。当有了独立意识后，我们就有了自己的思想和准则，最先表现的是在思想上逐渐挣脱父母的束缚，渴望拥有独立的空间，就像当年的我一样。

我会把自己的隐私藏在心里或者日记本里，不希望您知道我的秘密。通过日记，我想构建一个属于自己的私人空间。

您偷看我的日记，您发现了我的秘密，我很反感，但无力抵抗。

当我成为母亲后，我能理解您当时的心情。当您看到我带锁的日记本时，心里一定有很大的心理落差吧，你一定觉得我已经不再把您当成"守护神"了，我好像不知不觉中已经不再是您臂弯里的小宝宝，我好像要逃离您的世界了。其实，您换个角度想，我有了自己的小秘密，正是我长大的表现啊。

妈妈，您是不是很想知道我为什么要记日记。

每个人都会有情绪，好的坏的，难过的开

心的，这些情绪需要一个出口。通过这个出口，我们能梳理清楚自己该做什么不该做什么，能做什么不能做什么。处在青春期的我，内心比较敏感，您当时又特别忙，而且总觉得我的事情都算不上事情，有的话不知道能不能和您说，所以我只好选择写进日记里，写着写着自己也就想明白了。哪怕有时候自己想不明白，但是写下来之后，我心头上就少了一件烦心事了。

写日记的另一个原因是，我长大了，长高了，长胖了，心理也成熟了。我想和您一样独立地处理问题。我长大了，我已经有了一定的分辨能力，也在慢慢变得坚强，在一些大事上，我一定会和您商量，但在一些小事上，我想要自己去面对，只有我在这个过程中解决了问题，才能够有所收获。

写日记是一种倾诉方式，沟通也是一种倾诉方式。那时候，如果您直接和我说，您想了解我的小心思和小秘密，而且当我跟您认真倾诉时，您照顾到我的自尊心，不会借此嘲笑我，和我一起想办法处理问题，我一定会很乐意跟您分享我的心事的。

我的内心渴望长大，我希望和大人一样得到尊重，而您总想着牢牢掌控一切，我只会觉得被束缚，反而更想要挣脱。成为妈妈后，我更加体会到，作为父母，我们要正确地守护孩子的秘密。每个人都会有秘密，不管我们到了多少岁，发生的很多事情需要自己消化。

所以，在轩轩和皓皓的成长过程中，我也更加注意这一方面，我会尊重他们的意见，给他们相应的自由去处理自己的小秘密，让他们自己按照自己喜欢的方式好好长大，慢慢独立。

妈妈，就让那些带锁的日记本，成为我们之间的遗憾吧，因为这样，我们才会更好地珍惜如今敞开心扉的彼此。妈妈，就让我一个人在已然苍老的青春期里，还因带锁的日记本里某些不为人知的小秘密而欢欣雀跃吧。

情窦初开

老同学聚会，回忆是亘古不变的主题。回忆里，有委屈的泪水，有感慨的叹息，也有开心的慰藉。见面时的话题，虽然老是重复，却时常有新意，每次谈起时，总会引起一阵唏嘘。

妈妈，您知道吗？围绕着我的印象深刻的记忆，大概是"暗恋"吧。您听了是不是想笑？可是，在十五六岁的年纪，每个女生都会经历"暗恋"的过程吧。偷偷喜欢着一个人，故意路过他的眼前，但就是不朝他看，偷偷地用余光瞄他是不是在看我。也谈不上什么惊天动地热烈的爱恋，大多是一种淡淡的喜欢。自己把心思藏得好好的，即使有人察觉了，也要死不承认。

那个年纪，好像看见一片云就能联想到他

的笑脸。但时间会冲淡很多东西，随着我们升学、工作，最初那种纯净的喜欢也会随着时间慢慢变淡，成为少女时代的一场回忆。虽然，我们那个年纪所认为的喜欢，大概只能称得上是一种被优秀吸引的好感，一种想要逐步靠近他的心情。

妈妈，现在想起那时候的暗恋，我很感谢您当时的处理方式，让我觉得很温暖，而且让我对早恋这件事有了正确的理解，树立了正确的感情观。

我从小比较独立，思想和感情都成熟得比较早。小学六年级的时候，我喜欢上我们班的一个男生，我想和他当同桌，但是他比我矮，所以老师就把他安排在了我前面。

我们的关系特别好，一直是好朋友。

小学快毕业的时候，大家有了分离的意识，因为每个人可能会到不同的初中。他似乎感觉到了我对他有不一样的感觉，当时凑巧有另外一个男生在追求我，他好像被激发了斗志，就同时和那个男生追我。

他这样做，我反而被吓到了。尽管我有许

多的小心思，可我觉得那些放在心里和日记本里就可以了，在现实生活中，我觉得我们的感情只是深厚的友谊，他突然捅破了这层窗户纸，我真的不习惯。

很多时候，关系的突然转变会让原本平静的关系变得十分尴尬。虽然那时候我们才十几岁，但这样的尴尬局面足以结束我们之间的友谊，所以当时如何正确地处理这样的关系显得格外重要。

最后，我没同意任何一个人，我也没有再跟您提及。可是这件事，最后因为我和楼下的小姑娘吵架被抖落了出来。

那一次，我和她闹了矛盾，下楼去找她评理，理论了半天，没想到她一口吐沫吐到我脸上，我当时气哭了，准备再理论理论，您当时一把就把我拉上去了，说我不能这样和她评理。

您一直教育我：女孩子该有女孩子的样子，女孩子应该贤良淑德，要有礼貌。虽然您当时要求我不能下去争论评理，但我后来想想您把我拉上去是护着我的。

楼下的小姑娘看到您批评我，她更得意了，

直接说："你们冉莹颖在学校还有人追呢！"那个年纪，被男同学追在长辈眼里是不务正业的表现。我当时真的要气死了，大声地说："你说什么，你再给我说一遍试试。"您没说话，直接把我带回了家，到了家之后，您没有凶我，而是语气平和地问我怎么回事。

我什么也没有想，一股脑地全部告诉了您。"某某某男生给我写了一封情书，但是我不喜欢他，我喜欢的是另一个男同学，但是我没有想过跟他在一起，我就想着我们一直做好朋友。"

我也不知道我当时为什么会把所有的事情都告诉您。要知道之前，这些小秘密都是被我写在日记本里的，除了我自己，没有第二个人会知道。我想，还是因为信任吧，尤其是在毫无主意的情况下，不自觉地爆发出无条件的信任和依赖，所以什么都愿意和盘托出。妈妈您知道的，虽然我在长大，但终究您是我的亲人，是不知所措的情况下唯一能够相信的人。

而且当时难得见到您这么有耐心地听我说，所以我就把藏在心里很久的话都毫无保留

莹颖
密语

地全说了出来。有时候，我真的相信血脉亲情，母女之间有不言而喻的心有灵犀，真的很神奇。

我觉得那一刻，您是懂我的心思的。您应该也是从那个年纪走过来的，您理解我的想法。所以妈妈，真的谢谢您，谢谢您维护了我的自尊心，怕我在外人面前难堪了，不希望我和别人起冲突，所以您在关键时刻把我带回家，像英雄解救落难的公主一样。

妈妈您看，只要您愿意听，我还是愿意和您好好说的，只是我们这样交流的机会太少了，所以日记本才成为了我们之间的屏障。

那天，您听完我的话，没有批评我，而是拉着我的手，语重心长地说："有人喜欢你，说明你很优秀。你喜欢另一个男生，说明他有比你优秀的地方。但是你还小，你还不懂什么是喜欢，什么叫作在一起。如果他很优秀，那么他比你好的地方，你要向他多学习。妈妈希望这件事情不会扰乱你的学习，希望你能越来越出色。"听到您这段话，我心里所有的不安和委屈都通通化解了。

如果您当时严厉批评了我，甚至打我一顿，

很容易让青春期的我产生逆反心理。您不让我做，我偏要试试看。本来可能我没有早恋的倾向，却因为逆反心理而去尝试。如果您之后禁止我和男生来往，反而会让我对早恋产生好奇心，偏要试试看。

现在看来，正确看待早恋这件事情对于我的发展真的很重要。无论从父母的角度还是从青少年本身，都会经历过这样的一个阶段，心中藏着一些小心思，但如何看待和处理这些小心思，才是成长过程中最重要的。

我们每个人与生俱来拥有爱的能力，这里的爱并不单单指爱情，它可以指我们爱父母爱家庭爱自己或者爱一个陌生人。如果一个人失去了爱一个人的能力，那么他可能并不快乐。而像当时的我一样的十几岁小孩，在成长和情感的过渡期，更需要建立起自己的世界观、价值观和人生观，学会如何爱一个人，学会如何具备爱和被爱的能力，甚至，如何正确地认识这个世界，热爱这个世界。

这些，在自行摸索的过程中，更需要父母的引导，朝着一个正确的方向前进。

不过，不是每个孩子都有那么幸运，能够在成长的过程中得到父母的指引，也不是每个孩子都能找到正确的方式去解决问题。像您当时教会我理解什么样的爱才是真正的爱，如何爱才是一种好的方式，我现在最重要的事情是什么，是我的幸运。

妈妈，非常感谢您正确地引导我与异性同学的交流，以至于到了今天，我也能够与男生大方地交流，不做作。

同样，我很感谢小学时代暗恋过的他，虽然我早已不记得他的名字。我们的一生中终会遇到最初的一个人，陪伴着走过最初的一段路，然后缓缓地消失在光阴里。那段朦胧的爱恋，多年后回忆起才发觉是一种从未开始的感情。

更感谢他拉进了你我之间的距离。

棍棒底下
出孝子

但凡值得一做的事情，自有值得去做的价值。

妈妈，您在我的印象里总是很严格。我记得在我很小的时候，您要求我每天练字，因为您认为女孩子一定要会写一手漂亮的字。您也不管我是不是喜欢，买了一大堆硬笔书法的字帖，要求我每天放学后在家里临摹钢笔字。暑假也不能出去玩，每天写完暑假作业后必须再练完一页字。

练字真的是一件极其枯燥的事情，来来回回就那些笔画，要反反复复写，而且您还要求我必须写得和字帖一模一样，不能"画鬼符"。那时候，练钢笔字真的是一件痛苦的事，因为要一笔一画写好，而且您只要一有时间就抽查我的字。写得不好看的，您还一个个圈出来，批评我一顿。

　　暑假里，别的小朋友都能在外面玩，而我必须待在家里写暑假作业，写完了得练钢笔字，作业做错了要拖地，字写得不好要再多写两页。小时候，我们家一直都是精打细算地过日子，钢笔是一笔不小的开支，但这笔花销您从未节省过。那时候我真的特别烦躁，特别痛苦，真希望家里穷得连钢笔都买不起。

　　直到小学三年级的时候，我参加全校的作文比赛，意外获得了第一名。老师的批语说：不仅文采很好，字也写得很漂亮，卷面非常整洁。

　　后来，老师把这篇文章推荐到区里，再到市里，最后推荐到省里。因为这篇文章，我获得了许多的认可和好评。

　　现在想想，您当时虽不顾我的感受，要求我练字，但也是在无形之中帮助我形成了一个良好的习惯。

　　除了练字，还有一件事，虽然当时我们俩闹得不愉快，但最后事实证明您的建议是对的，我从中收获良多。

　　高中时期，我特别喜欢播音主持，热衷于

参加各种活动，所以我常常活跃在学校的舞蹈团、合唱团和话剧团里。那时候，我也算是我们学校的风云人物，学校大大小小的庆典和晚会基本上都由我主持，为此，我当时还有个"活动之星"的称号呢。

高考填报志愿的时候，老师把每个家长都请到学校去开家长会。那时候，填报志愿是在高考考试之前，不像现在知道了分数才报志愿，我当时也不知道自己会考出什么成绩，我也不知道老师对我的成绩有怎样的预估。

家长会散去之后，走道里密密麻麻的全是人，班主任特地穿过重重的"人障"到您的身边，轻轻地拍拍您的肩膀。

老师当时应该是想多和您沟通沟通有关我的情况，但是您强大的气场和严肃的表情把老师"震慑"住了。

我记得老师说了句："莹颖妈妈您好。您的女儿在播音与主持方面有天赋，您是不是考虑让她报考中国传媒大学或者中戏这类的学校，她肯定没问题的。"您当时直接黑着脸说："不用了。"说实话，我当时觉得可尴尬了，老师估计也觉得没面子，也就不再说了。我喜欢播音主持，老师也觉得我的实力没问题，结果您一票就否决了。您很淡定地跟我说："我们还是报考经济类或者法律类的院校吧。"

我当时心里特别难受，那时候在我心里，考大学是一件特别重要的事情，它决定了我未来的方向。您平时工作忙，没时间管我心里在想什么，不了解我的爱好，现在淡淡的一句话就决定了我未来的方向。您甚至都不问问我的感受，就直接回绝了我的老师。

回家后，您跟我说："你如果很喜欢播音主持，以后会有机会继续学习和深造的，但是我更希望你学一些切实有用的东西。你也知道我们家的条件一般，我希望你以后能自己养活自己，不会饿肚子。经济类的和法律类的专业，有比较好的出路。如果学主持人，以后出来找不到工作怎么办。"

我知道您是为我好，而且您说的也有道理。之后，我推掉了学校里所有的活动，安心地复习备考。那时候我会用小纸片记录同班同学的名次和我的名次，提醒自己要一点点进步。最后,我考到了全年级前3名,考上了理想的大学,学的是金融类专业。

就像您当时预想的一样,我对播音与主持的热爱,在我经过长长的曲折后,依旧不散,最终我抓住了机会,成了财经节目的评论和主持。那时候我忽然发现,大学时代学的金融知识对于自己现在的工作是多么有帮助。

虽然我没有成为一名优秀的播音员,但是在主持财经节目中,我的思维、逻辑和丰富的金融知识的沉淀,对于整个节目的运行和个人风格的塑造以及主持内容都有特别大的帮助。

那一刻,我特别感激您,感激您当时的"一锤定音"。如果我当时选择了播音主持,而不是听了您的话去学经济,或许现在我会成为一名播音员,又或许不会。唯一确定的是,我不会成为像现在这般有着丰富逻辑和思维的播音员。

站在人生岔路口的时候,每个人都会做出选择,每一种选择都有对应的结果。不到最后,我们谁也不知道选择这条路是对的还是错的,也不可能会知道。人生也正是这样,才会变得越来越有意思，因为你永远不知道前面会发生什么，因为未知，所以前面的一切努力才会变得更有价值，也更重要。

隐约觉得，也许从走上岔路口的那一刻开始，很多东西都已经有了雏形，但究竟是怎么样的，还需要往前走才知道。

现在有很多学生，在学校所学的专业和实际上的目标和理想不一样，就像我当初一样，想学的是播音主持，但真正学的是经济。在您的教育中，我体会到实现梦想的方式有很多种，像我这样兜兜转转，最后凭借着对播音主持的热爱，最后做了喜欢的工作也是其中一种。

我们不知道什么时候我们所学的专业会成为我们未来工作的支撑，也许我们现在所学的可能看上去与我们心中的理想工作表面上没有任何联系，但我相信我们所走的每一步，都会成为日后的财富。

学到的东西没有什么好与坏之分，学到了就是学到了，永远不会改变。像我，最后坚持了热爱，又利用了大学的知识，做了财经节目的主持人。

虽然我现在算不上大有成就，但是至少也算是交了一份优秀的答卷吧。说实话，这都是您逼出来的。妈妈，我真的非常感激您，您为我选择了一条有用的路，最后也没有阻挡我对兴趣的坚持，让我把这条路拓展得更加宽阔。

妈妈，天底下是不是有很多像我们这样的母女，父母要求孩子做一些他们当下并不能够完全认可和理解的事情。父母有自己的经历，有长远的见解，孩子也有自己的意愿。真希望告诉那些母女，理解是互相的，父母可以把自己的想法传达给孩子，但更需要关注孩子的内在需求。父母与孩子如果能够更好地沟通，仔细地倾听对方的意见，最后商量出一个合适的决定，这是最好不过的了。

不过，人生那么长，受过伤，才会变得坚强。像我这样，来来回回，曲曲折折，在您的高强度压力下，不也成长得很好吗？

可怕
的家法

一个人，感觉最孤独的时候是什么？是不是独自面对整个世界的冷漠？是不是一个人在人海中迷失？在我的世界里，被"家法伺候"的时候最孤独。

小时候我就觉得您很凶，其实我一直都挺怕您的。每次您一生气，我第一个姿势就是自己抱着自己，脑中想的是：您生气骂我不打紧，但是您最好别打我。我真的特别怕您打我，特别疼。

在我小的时候，大家都信奉"棍棒底下出孝子"这句话，您深谙其道，而且每次我犯了错，您也没那么多时间和我讲道理，直接一顿打最省事。我承认我的确很调皮，每次您的家法打得我很疼，我会记住下次不能再犯错。可是，我的心里也产生了恐惧和不安，而且您也没有告诉我，我到底错在了哪里，我该如何做才能避免错误，下次再遇到类似的事情，我也不知道怎么做才是对的。我可能还会犯错，还会挨打，或者因为害怕挨打而什么都不敢做。

这并不是您想要的结果，不是吗？

在录《妈妈是超人》时，您一进门，轩轩和皓皓特别高兴，连裤子都没穿好就跑到门口欢呼。结果您还没进门，就先亮出"家法"，说："你看我这是什么？"一看到"家法"，我就想起我小时候被"家法伺候"的情景，轩轩和皓皓呢，就直接愣住了，轩轩甚至直接就吓跑了。

其实您来了我特别安心。我很放心把孩子交给您，我相信您对他们是关爱和照顾的，而且您的能力一直都特别强，我一个人带两个孩子会感到很吃力，可是您总能淡然地搞定。有您在，我就等于吃了颗定心丸，什么都不用担心。

但在孩子的教育方式上，我却与您有不一样的意见。您认为孩子需要"家法"教育，打

莹硕
密语

是一种吓唬方式，当被打了之后会感觉到疼，下次在做事之前就会记得自己上次被打了，做错了，下次就不再犯了。

可是，您有想过挨打的人在心理上受到的伤害吗?

当您走进家门，把痒痒挠挂在墙上，强调"谁不听话，谁就要被打屁屁"时，轩轩和皓皓瞬间安静了几秒，我清楚地看到了轩轩眼里的不安和害怕。那天早上，轩轩和皓皓抢鞋子，您打皓皓的时候，皓皓在哭，我也不由自主地颤抖。因为我不自觉地记起小时候您打在我身上的那种痛，也想起那时候心底深深的不安。虽然，当时是我犯了错，可是那种挨打的恐惧会一直伴随着我。

我真的不同意打孩子，但是我是您的女儿，我不能强硬地和您对抗，我不希望您不开心。当听到皓皓委屈地叫"姥姥"，可怜巴巴地说"姥姥打我"的时候，我特别心痛，我相信您也觉得心疼。

如果小孩子因为害怕大人的"家法"，而保证改正错误，我认为那不是真的改正，那只是一种害怕"家法"的妥协。您总是觉得事情太多，没时间和孩子们讲道理，所以直接上"家法"是最快最有效的，道理等孩子们长大了自然就会懂的。但是，如果我们在打了孩子之后，不和孩子讲道理，等他一遍遍被打了之后，他可能还没懂得什么是对的什么是错的就已经被打怕了，什么都不敢去做，什么都不敢尝试，好奇和探索的天性就这样被压抑了，这对孩子的成长是非常不利的。

所以当您在厨房忙碌的时候，我悄悄走到客厅，把"家法"拿了下来，让轩轩悄悄地丢掉它。我不是想要挑战您的权威，不尊重您，而是希望孩子们能少挨一点打，也希望借此能让您多些机会和孩子们讲道理，不管他们是不是听得明白，至少我们要告诉他，让他知道怎么做才是对的。

邹明轩显然也不希望被打，所以高高兴兴地跑去扔掉。可是一个6岁的孩子哪里懂得干坏事，他很单纯地把"家法"悄悄扔在了厨房垃圾桶里，我知道后心里很绝望。

果然，您在厨房里做菜，没过多久就发现

了垃圾桶里的"家法"。

您很淡定地问轩轩："邹明轩，我想问一下，我的'家法'怎么会在垃圾桶里呢？"轩轩很诚实地回答："妈妈说丢掉。"我很欣慰我的儿子很诚实，但我此时的内心是崩溃的：完了完了。我不好意思地对您讪笑，但您没有凶我，只是一脸无奈地说："这个是谁说要拿到这里来的？有你在，我这个都要不起作用了。"我感觉到您不开心，但不想和我计较。

我试图劝说您换一种更好的教育方式，但您还是坚持自己的想法，不愿意接受我的建议。妈妈，其实我们有着同样的目标——照顾好轩轩和皓皓，不是吗？虽然我们的教育方式不同，但我们都是为了孩子能更好地成长。您说您小时候也被打过，那时候您不难过吗？

父母对孩子的教育模式会直接影响孩子对下一代的教育方式。小时候，父母过于严厉，做子女的在教育孩子上会出现两个极端：一种是延续父母当年的教育方式，貌似是有效果的，那就这样教育吧；另一种完全相反，特别注重孩子的教育方式，不希望孩子和自己小时候一

样。显然，您是前一种，我是后一种。我们为
这件事情已经争执过不止一次了。虽然，我们
现在会开诚布公地把话说开，争取不产生隔阂。
只是，我们的观点依旧不同。

您的教育方法是一代接着一代传下来的。
可是妈妈，现在年代不同了，在这个讲究平等
的年代，当年的教育方式已经不适用了。时代
在变，我们的教育方式也需要改变。

现在的情况不是说您打孩子一顿，所有问
题就能迎刃而解了，最重要的是，什么样的方
式适合这两个孩子，我们要根据他们的性格调
整教育方式，让他们明白自己的行为是对是错，
哪里错，怎么改正，这些才是我们应该考虑的，
而不是把重点放在如何使用"家法"上。

有时候，如果您打了孩子，他们会想：
姥姥怎么打我呢？姥姥是不是不喜欢我啊？
这样的想法产生了，久而久之，他可能会认
为自己不值得被爱，甚至产生很严重的自卑
心理，小时候形成的心理阴影会在一定程度
上影响着性格。

我觉得家庭环境在孩子的成长中占据很重

萤颖
密语

要的部分，如果一个小孩长期生活在一个习惯使用暴力的家庭中，那么潜移默化的，他也会习惯用这种方式解决问题，因为他的思想观念已经默认了这种方式，认为只要"打一顿"就能避免犯错，一代影响下一代，最后形成了一个恶性"遗传"。

当轩轩和皓皓犯错的时候，我也会生气，我也会埋怨他们怎么又犯错了，为什么没有做好。但我不会打他们，更不会那么凶，我希望教会他们的是规矩，也希望关注他们的心理变化。孩子在这个阶段需要的是归属感与安全感，可怕的"家法"给他们带来的却是不安全感和恐惧。

无论如何，我希望您能少一点"家法"，多一些"劝导"。您那么爱轩轩和皓皓，可是"家法"会让他们误解您对他们的爱。

小孩子的世界很直接、你抱我、和我说话、陪着我就是爱；你指责我、凶我、打我那就是不爱我。我希望我们一起努力，给轩轩和皓皓更多的安全感，用他们喜欢的方式，让他们感受到我们的爱。

第一次离别

人只要有力地活着，都难免轧于离别的伤感下，在来来往往的时间和人群中逐渐明白原来相聚不易。在离别面前，人自身是多么渺小与无力。

每个人的小时候都会有一些奇怪的想法，比如幻想自己有一只小萌宠，会和自己说话，会陪自己聊天，也许还很有个性，有点像动画片《魔女宅急便》里面的小黑猫，或者像大雄的哆啦A梦，陪着自己一起成长。

曾经看过一个视频，视频拍摄了几对妈妈和孩子，他们被单独分在不同的房间，单独描述对对方的期望，最后给对方打一个分数。妈妈给孩子的分数一般都不超过9分，可是孩子给妈妈的分数都是满分10分。有时候孩子真的特别容易满足，对他们而言，家长的一点点爱都是好的。

就像小时候，我没有兄弟姐妹在一起陪着玩，所以一心想着如果家里有一只小狗或者小猫的话，我就会特别开心。您为了照顾家庭，不得不拼命工作。为了让我不至于太孤单，您破天荒地送我一只小狗。

我记得那是一只哈巴狗，特别可爱，来我们家的时候好像只有 1 个月大吧。看到狗狗的那一刻，我特别开心，一心想着要给狗狗取个什么样的名字好。我左想右想，把想得到的名字都想了一遍，但好像什么名字都好，就是表达不了我对它的喜欢。于是我问您："妈妈，您觉得我给它取什么名字好呢？"您头也没抬，直接说："狗吗，就叫狗狗吧。"

我想着也挺好，于是我有了人生中第一个小宠物，名叫"狗狗"。现在想想，您当时貌似有点漫不经心，但我还是欢天喜地地接受了。

之后，我迅速和狗狗培养起了感情，我满腔的爱心全都奉献给了狗狗。我真的特别喜欢狗狗，它跟我一起奔跑，一起玩耍，陪我一起等您回家。狗狗真的很乖巧，在我的教导下，它学会了上厕所，知道在家不能乱叫乱闹，不能乱跳上房间里的床、不能随意进厨房。

时间过得真快，我和狗狗在一起生活快 1 年了，狗狗也快 1 岁了。狗狗是母狗，到了该交配的年纪，您嫌麻烦，直接找朋友问有谁愿意抱去养，事先却没有让我知道。

直到有一天中午，在家吃午饭的时候，您冷冷地说："我把狗狗送给一个朋友了。"我当时一下愣住了，眼巴巴地说："妈妈，不要啊，狗狗很听话的呢，我也很听话的。"您说："你接下来要读书，好好学习要紧。我已经决定了，下午就会有人来把它抱走。"我特别伤心，午饭完全吃不下去了，但又不敢在您面前哭。

那一个夏天，又闷又热的，我午饭没吃完就直接抱着狗狗躲进了厕所。在厕所里，我抱着狗狗哭，哭得特别伤心。狗狗好像也知道了我的感情，伏在我的肩头一动不动。大热天的，我们俩就这样靠着，我哭出了一身汗也没有任何感觉，午饭没吃完也不觉得饿。

下午，真的有人来把狗狗抱走了。我记

得狗狗看到陌生人的时候瑟缩地往后躲，一直往我怀里靠，还发出呜呜的低咽声，貌似知道对方是来把它带走的，它知道要和我分开了。我记得那阿姨拖着狗狗的前腿，把狗狗扯到怀里。狗狗在阿姨怀里挣扎着乱窜，还低吠着想要咬她。

狗狗可怜巴巴地看着我，我哭着，却什么也不能做。您不耐烦地说："快走吧，快走。"阿姨抱着狗狗下了楼，离开了大院。我趴在阳台上，看着阿姨抱着狗狗健步如飞，快速地消失在街道的尽头。

狗狗走了，我特别难过，下午窝在房间里哭了许久，那是我第一次体尝到离别的滋味，第一次感受到什么叫作再也不见。

我当时特别恨您，是您造成我和狗狗的分别，为此我好几天没有主动跟您说话。现在想起来，我当时幼稚了，其实无论狗狗最后有没有被送走，我都要经历的一件事情就是和它分开。这件事情，没有任何人能够阻止。

狗狗的寿命远没有人类长久，就算妈妈您没有把狗送给朋友，狗狗也不可逃避地要经历衰老的过程，它走路会越来越慢，越来越不爱跑，它不能再陪着我一起跑步，一起玩游戏；狗狗的眼睛会看不清东西，可能走路的时候还会撞墙。而我只能眼睁睁地看着它慢慢变老，最后离开我。

人的相遇和分别，也是同样的道理。遇到是一件值得开心的事情，与人分别是一件悲伤的事情，但世界上没有任何人能够阻止这些过程，因为注定要遇到的人始终会遇到，注定要分别的人始终会分开，再舍不得也没辙。

后来，我也遇见了一些人，也和一些人分开，和一些人分开后再次相聚，和一些人重聚后再次分开。这个过程不断地重复着，遇见一些人，离开一些人。回头想想：原来和狗狗的分开，是第一次关于离别的练习。

离别的
机场

　　机场，对于不同的人来说有着不同的意义吧。因为这个地方见证了太多的分分合合，见过了太多的泪水和不舍。就像每个人都可能有一个火车情结是一个道理。

　　火车站和机场的每年每天每秒，都有太多的人来到这座城市开始新的生活，也有无数的人离开这座城市。有人分手，有人挽留，火车站和机场的眼泪永不止。

　　我人生第一次坐飞机，是在大学开学的时候。考上大学应该是每个高考生最开心的事情了吧，对于大多数人而言，上大学是一个人第一次真正意义上的独立。

　　父母送孩子去大学，一起逛逛美丽的大学校园，见证孩子经过不懈努力实现梦想的结果，这是一件多么美好，多么骄傲的事情。

但是，我们家的情况却不太一样，因为当时上大学的学费对我们家而言已经算是一笔不小的费用了。您权衡再三，我想您大概是在算家里还剩下多少钱吧。晚饭的时候，您跟我说："我工作忙，我只能送你到贵阳，你自己坐飞机去北京上学吧。"当我听到您的决定时，有一瞬间觉得特别向往，我从来没有坐过飞机，更没有单独坐过飞机。坐飞机去上大学，是我完全没有想过的事情。

可是，兴奋只持续了一瞬间，我心里还是特别希望您能够陪我一起去学校，让您看看我之后 4 年学习和生活的环境。所以，我试着和您说："妈妈，我们坐火车去吧。这样您就可以陪我一起去北京了。"您考虑了一下，想到在北京的住宿费，还有从北京回到贵阳，再坐车回遵义的交通费用，您摇摇头说："我只送你到贵阳的机场，你自己去。我还有工作要忙呢。"

我反驳不了您，只好默默接受您的安排。那时候，交通还不发达，我们好不容易颠簸到

莹颖
密语

了贵阳的机场，到机场的那一刻，我多么希望您能和我一起去北京，看看我引以为豪的学府。

每次到了开学的时候，校园里总会出现许多父母与自己的孩子相伴的情景。有的父母身上扛着重重的行李，有的父母拉着孩子的手，嘱咐着在学校要好好照顾自己，有的父母看上去很沉默，话也不多，但是手不停地在帮孩子收拾东西，面面俱到。

现在的一些大学在开学时会播放一些视频，内容是宿舍楼下、学校门口，父母和孩子依依惜别的场景，孩子泪眼婆娑，父母转身后拭泪，留给孩子的是逐渐远去的被岁月压弯肩头的背影，说不出口的离别感伤总让人边看边落泪。

可是我们的挥手告别来得更早，在贵阳机场安检处，我就要和您说再见了。至今，在贵阳机场的安检处告别的情景一直让我印象深刻。您转身之后，我的眼泪立刻就掉了下来，怎么也止不住。

那一刻，我忽然感受到了您不曾说出口的爱。我考上大学，您一定很骄傲，我相信您也想去我的大学校园看看。可是您为了我们整个家，为了让我能体验一次坐飞机的感觉，您舍弃了自己的心愿。

妈妈，我从来没有这么难过过，您带给我的远比我能回报给您的多太多了。人们总自以为是地了解自己的亲人，可是我从未意识到，原来一直以来，您默默地为我付出了这么多，牺牲了这么多。在您伟大的母爱面前，我取得的这些小小成绩完全不算什么，我任何的成绩都比不上您对我的爱，没有任何事情能比有您这样的母亲更值得我骄傲。

直到我快大学毕业，有了人生第一份工作之后，您才有机会来到我的大学。那时候，我已经租了一个小单间住着，您觉得到北京以后有了住的地方，开销能小一点，而且我也将毕业了，您想着来北京帮我搬家，打点东西。

您一直都是这样，默默地为我考虑，为我付出，您的爱是那么的"霸气"，可是我很喜欢被您这样呵护着的感觉。

现在，机场成了我最熟悉的地方，也是留下很多难忘回忆的地方，更是承载着我许多离

莹颖
密语

别情绪的地方。不过，我挺害怕去机场的，那是一个最多离别的地方，最容易难过的地方，一到那个地方，很多回忆就会不自觉地像演电影一样，一帧一帧在脑子里闪过。哪怕过去了这么多年，一到机场，情绪还是会不断涌上来。不过，现在由于工作，机场又不得不常去。

记得最开始，我和邹市明谈恋爱，因为他常去异地训练，我和他约会最多的地点好像就在机场。他有时候要去国外比赛，在北京转机，我们也就在机场简单碰个面，我陪他说一会儿话，然后他就上飞机走了。那时候就因为异地，您还不太愿意我们在一起呢。

虽然机场多的是离别，但我也很感谢机场的离别，让我知道了什么是珍惜，什么叫作望眼欲穿，什么叫作盼望。

妈妈，现在我长大了，成熟了，能够更加从容地面对别离了。当年，贵阳离别的机场，永远都会是我心中最触动的地方。

我现在也有了自己的孩子，我会记得您的爱，同时把我的爱毫无保留地全部表达给轩轩和皓皓，做个好妈妈，像您一样。

谢谢
您也爱他

　　妈妈，谢谢您爱我，更谢谢您也爱他。

　　妈妈，好像您一直希望把我培养成大家闺秀，要贤良淑德，要话不多说，要笑不露齿，要坐姿端正，要举止优雅，结果我从小就是一个比较野也比较直的女孩子。想到培养出来这样一个"女汉子"，您是不是每次想起这茬儿就特别崩溃？就像小的时候，我和邻居家的女孩儿吵架，您就直接把我拉上楼去，说我不应该和别人吵架。我气冲冲地往那一坐，您看我一眼，说："你那腿，并拢！"

　　您总是叫我女孩子一点，但有时候为了舒服，我就比较大大咧咧的，您一看见就会说："哎呀，你还是不是个女孩儿啊！"在您心中，您是不是觉得您对我的教育特别失败，怎么会教育出一个这样的女儿?

而邹市明，我一般都称他明哥，他的性子是那种温温和和，话不多，踏踏实实地做事儿，比较符合您心目中的标准吧。您对他，可比对我和颜悦色多了，想起来真的有点小吃醋。但是妈妈，我真的很开心您能够认可他，把他当作家人一般，全心全意地接纳他。

最开始我和明哥刚在一起的时候，您还不太能够接受，因为您觉得我和他接触的圈子不太一样，担心我们没有什么共同语言。其实，像您这样的担心也并不是没有道理，这个世界上有太多夫妻因为价值观的分歧而导致分手，没有共同语言的确是夫妻间相处的一个大问题，两个人不能聊到一起，那之后这漫长的几十年，要依靠什么走下去呢? 不能互相体谅互相了解，那还谈什么共担人生的风雨，还怎么携手共度难关呢?

您反对的原因，是不是想到了爸爸?

爸爸之前也是搞体育的，所以您不想我走您的路。爸爸虽然很渴望有一个家庭，渴望感受到家的温暖，但是他的家庭责任，他作为成熟男人的担待，在有了我之后，也没有很好地体现，所以您觉得很失望。

于是，在您的印象里，搞体育的就没有家庭意识，可能是因为大多时间都在集体里面生活，不懂得如何心疼女孩子。我也能理解您的想法，您不希望我受委屈，您不想让我的婚姻也有不好的部分。

可是，我很幸运，因为我和明哥之间并不存在这样的问题，我当时信誓旦旦地跟您保证：他很好，他会不断学习，他会看书，他会和我一起进步。我们还年轻，还可以磨合。您没有再坚持，但那份凝重的神情传递给我的是您的担心和深藏在心底的关怀。

现在，明哥和我已经是两个孩子的爸爸妈妈了，明哥的踏实和勤奋您也看在了眼里，他并没有让您失望，也没有让我当初信誓旦旦的保证落空。这些年，我看着他努力工作，坚持着自己的梦想，努力做轩轩和皓皓的好榜样。

在孩子们的眼中，爸爸是拳王，是真正的英雄，打心底里为爸爸感到骄傲。他的教育方式也很好，在家里努力地和孩子相处，告诉孩子跌倒了没关系，爬起来继续走就是了，他把真正的体育精神带进了家庭，教给了孩子们，教会轩轩和皓皓该如何做一个真正的胜利者。您是不是也觉得我家明哥特别有担当？

而我，也在他的影响下，认真地做一个好妻子，照顾好家庭，做个好妈妈。妈妈，这样的我们是不是您最想看到的？

妈妈，明哥很感谢您。平时，他的事业很忙，我一个人带两个孩子有时候真的很辛苦，忙不过来。感谢您帮我们一起照顾家庭。有您做我们坚强的后盾，明哥才能安心地在外拼搏，我也能安心在外工作，轩轩和皓皓才能有舒舒服服的成长环境。

感谢
您更爱他们

　　人们常说：母爱是伟大的，但从来没有人告诉我母爱有多伟大。直到看到您，我突然就看到了"伟大"这个词语的最佳诠释。

　　在我的意识里，结婚是一件特别重要的事情，可能这和您从小传递给我的理念有关，再加上家庭的原因吧。除了结婚，包括婚后如何培养自己的孩子等等，我都需要慎重考虑。

　　组建一个新的家庭，需要承担更多的责任，还要具备足够的勇气。我能不能做个好妻子，我有没有能力教育好我的孩子，我能给孩子一个什么样的环境，我未来的家庭可能是什么样的？再或者，我可以为家庭放弃什么，我能为孩子做什么，我需要牺牲什么东西？这些，我都要一一考虑到。

最初和明哥谈恋爱的时候，我没想过自己一定会结婚生孩子。现在常说：不以结婚为目的的恋爱就是耍流氓，我可不这么认为，我觉得谈恋爱就是双方互相信任的过程，不需要给自己太大的压力或者树立太明确的目的，合适了自然就会走到结婚生小孩这一步。

婚后，我会担心自己无法扮演好一个妻子或者母亲的角色。我原本以为当妈妈这事儿离我还远着呢。直到我有了邹明轩，我才突然意识到，我是一个妈妈了！当我感受到这个小生命在我的肚子里碰乱跳时，我的内心既兴奋又紧张，我就要做妈妈了！

妈妈，在此我要特别感谢您，感谢您在我怀轩轩时给我的莫大勇气。

第一次怀孕的时候，我很紧张，因为心理上还没有做好完全的准备，同时我又有些担心，害怕自己还不够好，没有能力照顾好自己的孩子。所以在最开始的时候，我并没有下定决心要生下轩轩。

当时也有工作上的一些原因左右着我。那时候，中央二套和凤凰卫视都有很好的机会，我不知道自己该如何选择。越是面对选择，就越觉得为难。可选择之所以称之为选择，就意味着我必须要舍弃其中一样，我不能既想要这个又想要那个。

我突然没主意了。这时候，您站出来开导我，让我自己做决定，您让我自己问自己：我想要什么，我未来的方向是什么。后来经过仔细考虑，我决定先顾着家庭。

妈妈，我真的要感谢您。您让我自己做决定，而不是帮我决定。在这种问题的取舍上，只有我自己真真正正想清楚了，以后才不会后悔。如果当时我因为难以取舍而选择逃避的话，那我想我没有什么资格去要求得到。只有学会放弃，我才会知道什么才是最重要的东西，我才能够成长。

也正是因为我自己慎重思考了，也做了决定，才有资格成为轩轩的妈妈。后来，我有了皓皓，成了两个孩子的妈妈。我收获的东西越来越多，也越来越有底气说："我能够做一位合格的妈妈了！"

不得不感叹，我真的是您女儿。我们俩的

脾气一样犟，对于某些事情的标准简直是一模一样。

因为相像，所以总免不了争吵。我们之间的争吵，在我生了小孩后，也一直延续着，不过我们俩的争论点已经从繁琐小事过渡到轩轩和皓皓的身上。您总说我偏爱轩轩，您觉得皓皓得到的爱比较少。

轩轩的性格太像我小时候了，您看到他是不是就想起了我的小时候？我也觉得我和轩轩真的是太像了，他跟我一样调皮。轩轩眼睛一动，我就知道他想干吗。

您是不是也会被他耍的那些小聪明气得不行啊？

皓皓比较听话，他性格比较温和，更符合您心中对乖孩子的标准吧。不知道是不是因为这个原因，所以您才更喜欢皓皓？有时候，您甚至会在孩子面前直接说："你妈妈就是偏爱哥哥。"

说到这里，我需要和您商量一个事情。说真的，我对轩轩和皓皓没有偏心，可能在您的眼里，我似乎是爱轩轩更多一些，但在我心里，

两个孩子是一样的，甚至，我对皓皓是有亏欠
的，我会更想要弥补他。

可是您一直在轩轩和皓皓的面前说出这些
话，这会影响到他们的。您的言语会在心理上
影响皓皓的认知，让皓皓信以为真。孩子比大
人更敏感，他只要听到过姥姥说什么，他可能
就会记得，就会认为妈妈偏心，他心里会更多
地关注到妈妈偏心的部分，这样对皓皓的成长
并不好。

您如果觉得我偏心了，您可以私底下提醒
我在孩子们面前要一碗水端平。我会向您看齐，
您的确能把这碗水端平，对轩轩和皓皓一视同
仁，而且您还会告诉轩轩：哥哥要有哥哥的担
当。这些是我要向您好好学习的地方。

这段时间，我录制了一个叫《爱上幼儿园》
的真人秀，幼儿园里有个小朋友和轩轩年纪相
仿，和我小时候也很像。他是一个在单亲家庭
长大的孩子，可能就因为这样，他妈妈就特别
宠爱他，所以他就显得特别娇贵。他走在路上，
不小心摔跤了，就直接坐在地上大哭；别的小
朋友不小心碰到他了，他觉得自己受伤了，觉

莹颖
密语

得疼了，也会立刻大哭。

看着他，我会和他说："你是男子汉，你不能这样哭。"那一刻，我忽然意识到轩轩真的挺坚强，挺皮实的，小打小闹或者自己磕着了都不会轻易哭闹。我原本以为男孩子就该比较坚强，不过现在对比起来，我觉得坚强也算是我家宝贝的小优势呢。

这一切其实也和您的教育方式有关。小时候我遇到问题，想撒个娇，哭会儿鼻子，但是您基本上不会哄我，也不会帮我，任由我自生自灭。说实话，我当时渴望妈妈您帮我，但我知道不可能，所以之后我就变得独立了，自己想办法解决问题。现在对于轩轩和皓皓，您也是一样，先让兄弟俩自己解决问题，实在不行了，或者他们闹得不可开交了，您才出手。

妈妈您看，我们两个真的很像。您的脾气、性格、教育孩子的方式，在无形之中也影响了我。现在，我成为了两个孩子的妈妈，我越来越发现，您的这些细枝末节的习惯都已经成为了我的习惯，我变得越来越像您。

回看《爱上幼儿园》节目的时候，记者采

访您，问您来上海的原因。您表情淡淡的，说：
"莹颖就是那样的人，再苦再累她自己都要撑
下去，有时候我得主动一点。"妈妈，我听到
了满满的爱意。

妈妈，我该怎么感谢您呢？我们都很少
把爱挂在嘴边，但却比想象中更了解对方。您
说我是这样的一个人，您又何尝不是这样的人
呢？天大的困难也要一个人扛过来，用行动来
表达内心的情感。

妈妈，感谢您对轩轩和皓皓的照顾，看您
忙碌而麻利地收拾屋子，为我们洗菜做饭，让
我和明哥有更多的时间忙自己的事业。

妈妈，看着您一个人带着两个"小魔王"
也毫无怨言，我内心真的很感动。

妈妈，早上一睁眼，想到有您在身边，感
觉真好！

莹颖
密语

说不出口
的"我爱你"

　　妈妈，您觉得我不知道您如此爱我和您不知道您如此爱我这两件事，哪一件更煽情？我觉得对于我不知道您如此爱我这件事，更让我有所愧疚。

　　这个世界上，每一对母女都有各自的相处模式。有的母女像朋友一样相处，妈妈听女儿说各种各样的故事，女儿给妈妈出主意，她们会穿姐妹装一起出去旅行；而大多数的母女都很正经，妈妈有妈妈的样子，女儿有女儿的样子，除了日常生活的交流，似乎不多说什么话……我们之间，像大多数中国父母和女儿之间一样，您从不说"我爱你"，我也不习惯说"我爱你"，我们两个都是属于"不浪漫"的人，难以适应一些外人看来很温暖的举动。

　　您小时候就习惯了默默付出，您在工作上是优秀的厂长，在家庭中是负责任的大姐，在我们两个人的生活中扮演的也是"严母"的角色，您好像在任何一个圈子里都是负责任的"头头"。您时刻尽全力展现自己完美的形象，您不允许自己哭，也不允许自己出现软弱的表现，您总是把自己包装得特别坚强。

　　我小时候，您给了我能力范围内最好的学习条件和生活环境，不让我吃一点点苦；我大学毕业后，您二话不说来北京帮我搬家收拾东西；我有了孩子后，您又二话不说来我身边，帮我带轩轩和皓皓，照顾我们一家的生活。您从来都是行动派，能干、雷厉风行。

　　妈妈，我知道这是您强加给自己的责任。您觉得这是您作为家里的大姐，作为一个妈妈必须要做到的事，所以您总是把自己包装成刀枪不入的样子。但是，我亲爱的妈妈，有时候您可以停一停，享受一下最亲近的人的关心和爱护，比如我的，虽然我好像也没能给您很多的拥抱和爱。

　　我从来不对您表达爱意，可能是因为从小

成长的环境吧，我很难适应那种温暖的举动。如果我说"我爱你"，还没开口，鸡皮疙瘩就掉一地了。这一点，妈妈，我们两个真的很像，我简直就是您的翻版。

还有，我也有一股不服输的劲头。在工作上，我努力拼搏，在工作中实现自己的价值。我喜欢播音主持，那么我就要在这个领域里做到优秀。别人说我不行，我就要证明给他们看：我可以。在家里，我付出百分百的心力做个好妻子、好妈妈，就像曾经的您一样，我也尽全力给轩轩和皓皓一个好的成长环境。

我习惯自己独立解决问题，习惯自己撑下去，您不也是这样吗？在过去的那些年里，您一定很难吧？从小要帮忙照顾家里，辛辛苦苦把我拉扯养大，培养我读书成才，而且还要工作，处理好和邻里之间的关系，等等。您的那些年，压力一定特别大吧。可是不管多难，您都一个人撑过来了，从来都不说，也不诉苦。

妈妈，您像古代电视剧里的侠女，话不多，但有情有义，默默地为很多人做很多事，而且从不邀功，很潇洒，很酷。

　　于是，在我的印象里，您是比较保守的妈妈，不太能接受天天拥抱、天天把爱挂在嘴上的方式。

　　直到那一次，当时正在录《女婿上门了》最后一期，我突然发现原来我并不够了解您。

　　那次录影，除了您和明哥，我也是要到现场的。我提前两天就到了，您也知道我当天会到现场。但是，当时现场门一开，曾志伟大哥说："快看，谁来了？"您转身看到我，直接冲过来把我抱住，眼泪"唰"地就下来了。

　　我当时还愣了一下，心想这是什么情况啊。不过我能感觉出来，那一刻您很激动，我也跟着激动。可能您单独和明哥相处了很长的时间，突然自己的女儿来了，想想也是挺激动的。那一刻，我意识到您的心其实挺柔软的，一种作为女人与生俱来的柔软。

　　妈妈，我是爱您的，虽然我们在日常的相处中总是会有争执，关于孩子，关于事业，关于教育，关于鸡毛蒜皮的小事儿。好在我做了母亲后，我们都学会了不让矛盾进一步激化。我现在觉得，让我们的心贴得更近的方法不是不争吵，而是争吵但不影响彼此的爱。

莹颖
密语

妈妈，就算我们之间有再多的分歧，那也只能代表着我们各自成长环境的不同，人生经历和心境心态的不同，而不是说我不爱您，或者您不爱我。再争吵，我们也是母女，我是女儿，您是妈妈，这是血缘决定的，任何人任何事都改变不了这种与生俱来的联系。

妈妈，对不起，我很少和您说"我爱你"。我会跟明哥说"我爱你"，我会跟轩轩和皓皓说"我爱你"，因为我觉得爱要大声说出来，可是面对您，我却怎么也说不出来。这是我的问题。

我们习惯了理直气壮地和别人说：你要对我怎么样怎么样，但是反观我们自己，却好像总是做不到。

妈妈，我愿意对明哥，对轩轩和皓皓说"我爱你"，是因为我知道我对明哥，对轩轩和皓皓说完之后，得到的一定是积极的回应。但是和您说之后，也许得到的并不是我想要的回应，我很怕您说"你干什么呀？""烦什么呀！""你哪根筋不对啊？"这样的话，我觉得我和您都会很尴尬。

因为越是需要，越是沉重，越是难以说出

口。我知道，您对我的爱正如您知道我爱您一样。我们总是习惯站在对方的角度上考虑问题，为对方做了许多事情，却始终说不出那句"我爱你"。

妈妈，对不起。

妈妈，我真的爱您！

妈妈，我想我应该尝试着去克服内心的别扭，尝试着跟您表达我内心的真实想法，甚至我想每天都对您说一句"我爱你"。也许前期，我们都会不适应，但是以后呢？我们会不会有不一样的体验呢？我觉得我们可以尝试看看，看经过一段时间之后，我们都会有怎样的改变。

您期待吗？

妈妈，除了"我爱您"，我还想说的一句话是"谢谢您"。常常有人说，父母于子女本无恩。可是我还是想感谢您。妈妈，真的谢谢您！

您把我带到这个世界，教我识字让我念书，教会我很多朴素的道理，培养我成为一个真正有用的人；我读书的时候，您努力给了我最好环境；我工作，您帮我搬家帮我收拾，默默地帮我打理着一切；后来我有了自己的孩子，您鼓励我支持我做一个好妈妈，做孩子的好榜样；后来，我因为要忙工作，您又来到上海，帮我带轩轩和皓皓，我们一家人生活在上海。

可是妈妈，我能为您做些什么呢？

后来，我想了想只有我自己做得好，不仅做个好妈妈，同样我还要做好我自己的工作，在工作中有出色的表现，我想这样的我，才是最值得您骄傲的，同时您为我所付出的所有，才更有价值。对吧？

妈妈，我其实很想知道您会怎么评价我扮演的妈妈的角色。我们都经历过为人母的阶段，在某些事情上都感同身受。您是不是觉得我从原来不谙世事的假小子变成了一个知性的女强人？

妈妈真的是一种神奇的职业。就像我自己都觉得我在成为妈妈后有了很大的变化，比如，学会了很多以前从来没有过的技能，以前从来没想过自己能做的事情我也做了，我好像变成了一个全新的自己，充满能量，我的生命因为这两个小家伙的到来有了另一种可能；比如，我的心理状态、情绪，包括处理问题的态度和方式，再或者小到生活习惯这些细枝末节，在我当了妈妈之后，自己主动改变了，或者说是因为孩子的存在，让我不自觉地做出了很多潜移默化的改变。

妈妈，您是不是也为了我改变了很多？因为我，您是不是也牺牲了很多东西？容许我自恋地想一想：妈妈，我的存在是不是也让您变成了更好的自己？您的生命是不是因为我的存在而有了另一种可能，变得丰富多彩？我相信是的，一定是的。

因为，我认为父母和孩子之间存在一种双向的互动。父母养育子女，孩子也在与父母相处，父母教给孩子一些为人处世的道理和准则，但同样，父母也从孩子身上学到了许多成年人生活的世界里缺少的东西。所以妈妈，您是不是也在和我相处的过程中收获了一些东西？

不知不觉，我已经跟您说了那么多了。夜深了，晚安，我爱您。

妈妈，人世很长，日子也还长，我们在其中，慢慢走，慢慢聊吧。

对 不 起 ，
现 在 还 来 得 及 吗

…

我想好好珍惜

"哈哈哈哈"

"真怀念啊！"

有些东西，好像一旦失去，就再也回不来了；有些事情，一旦过去，
就也回不来了。可能也正是因为这样，有时候遗憾也不都是难过的，
只有心存遗憾，才会觉失去的格外美好，格外温暖，格外珍贵。

我　　　想

好 好 珍 惜

　　每个人的一生中，都会对某件事情或者某种物品有着一种执念吧。也许是一件努力一把就能完成的事情，可能因为时间过了，地点变了，人也变了，所以永远都没有机会再重新尝试一遍，念而不得，于是耿耿于怀，这算是一种执念吧。也许是一样特别中意的物品，可能因为一时的犹豫，或者不小心的错过，而再也找寻不到的记忆，这更算是一种执念吧。

　　比如，我想和我爱的人一起坐一次火车，约好时间在火车站相聚，途中相互陪伴，最后在站台送别。这样的经历，想想真浪漫。

　　大学校园里，我不羡慕一对对情侣一起上下课，一起晚自习，或者在晚饭后吹着小风儿散着步……读大学的日子，我每一天都很忙碌，要看很多书，要做很多功课，我的时间都用在了我认为有意思的事情上，我觉我当时的生活要比"一对情侣的生活"丰富得多。

寒暑假回家的时候，我都是和朋友结伴坐火车。火车上，当然也少不了一对对小情侣，有的是靠在一起看部电影，有的是各自看一本书，有的就什么也不做，只呆呆地看着对方。

我突然竟然也有点羡慕他们。

青葱的时光已经一去不复返，每次回想大学时代，总觉得有一些遗憾。

毕业之后，我迅速投入工作，来回奔波。再后来，我结婚，生子，往返不同的城市，一切都好像在赶进度般，匆匆忙忙。在多数情况下，由于时间或者其他各种原因，交通工具一般都会选择飞机，因为飞机的速度很快，能节约时间。

于是，和心爱的人坐一次火车就真的成为我深藏心底的一个愿望，或者说是一种难以忘却的执念。到底什么时候，我才能和心爱的人约好时间在火车站相聚，途中相互陪伴，最后在站台送别？

上海的梅雨季，终于成全了我的梦。当时，由于天气恶劣，飞机延误，航班取消，为了赶行程，最后我们选择了坐动车。当时我一听就激动了，心想着能和心爱的明哥坐火车，仿佛回到了刚恋爱的时光。

现在的火车车厢比起原先上学的时代真的先进了好多，座椅宽敞，能坐着能躺着，既豪华又舒适，而列车管理员也被标准的微笑、问候和优质的服务质量统一化了。

车厢里的人不多，每个人根据自己的车票找到自己的座位，列车员一一核对身份证，送上茶水饮料。只是时间过了，地点变了，当年的那种感觉再也找不回来了。

我总还记得的是站台上的卤豆干、方便面和煮玉米，还有那离得老远就能听见的吆喝声，以及一到站，路人喊着"给我来俩玉米，一块豆腐干，加辣再加辣啊"的场景。

那时候，火车上总是有推着小推车在过道穿来穿去的阿姨，小推车上堆满了方便面、火腿肠、可乐、雪碧、矿泉水，还有花生、瓜子、口香糖，火车上靠窗酣睡的大叔，相互依靠着的甜蜜小情侣，空气中混杂的味道，窗外不刺眼的落日，还有像是染了色的天空，这些那些全都成了记忆里的东西。

现实中，坐在旁边的老公，眼睛一直盯着手机，手根本没停下来过，不断地刷朋友圈、刷微博，看电影"哈哈哈"笑得前仰后翻。身后有一位商业人士，声音很大地讲电话："这个项目我们已经在做了……"

似乎只有我，在体会着内心怀念的和正在经历的之间的失落和落差。看似，人与人之间的距离被科技不断拉近，但也在无形之中被拉远了。

有些东西，好像一旦失去，就再也回不来了；有些事情，一旦过去，就也回不来了。即使回来了，恐怕也不会有当初的感觉。可能也正是因为这样，有时候遗憾也不都是难过的，只有心存遗憾，才会发觉失去的格外美好，格外温暖，格外珍贵。

也正是因为遗憾，所以要好好地把握现在，不要让美好溜走。

对不起，
现在来的及吗